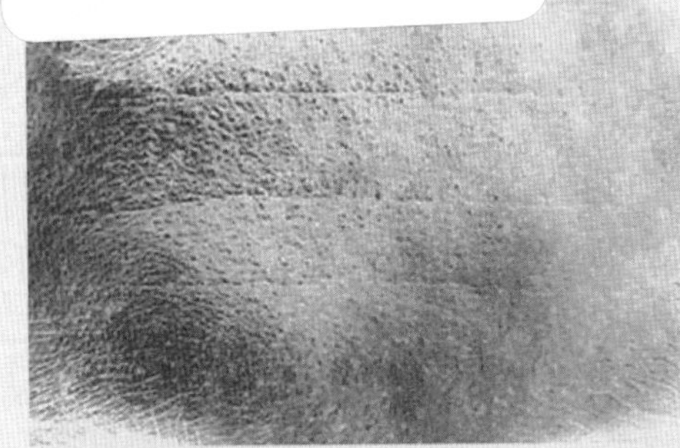

記憶死刑

彭啓東 著

如果能刪除記憶，你會要嗎？

■ 理科太太

沒有人是真正完全中立無我的，我們都帶著一副眼鏡來看這個世界。這副眼鏡可以是我們的成長經驗、宗教信仰、政治傾向和對事情的刻板印象。這副眼鏡就叫做世界觀。

想要深入了解一個人，可以試著先描述想像他的世界觀。相同，想要了解自己，也可以試著站在別人的視角來想像自己的世界觀。

只要我們能夠確定人們的世界觀，我們就可以比較容易猜到，他們對於人、物和事件的反應。

記憶死刑以小說的形式，用不同角色和故事，來探討幾種人們對於死刑的世界觀，也同時完整描述了角色的背景，來交代他們為什麼會有這種世界觀。故事是說在未來，犯人會被轉化成重生者，並給予新的身份和工作而再次活在社會中。雖然他們的特徵被整形改變了，記憶被消除了，他們對這個世界還是有深深的連結。重生者依法不能再見到家屬，而被害者的家屬也不被允許去找重生者。

我想作者想帶大家做一些腦部運動，更深刻地讓我們看到問題並不是非黑即白，而是有非常多面向的。一直都不是只有支持和不支持、懲罰或彌補、公平和不公平。也不是只有受害者和被害者兩種身份。就算記憶死刑發生了，也並不是非死刑或是非廢死。故事的轉折，會讓你在閱讀時，輕輕的嘆一口氣。之後的故事，就讓你們自己讀下去吧。

很榮幸身為生物醫學工程師的我，能被邀請來幫這本小說寫序。讀的時候，我老毛病還是會讓我偶爾會出戲。現在容我向大家分享我讀完這本書之後，我問自己的問題。

很簡略地說，你的大腦會經由改變神經元間的連結來形成記憶。現實社會中，許多科學家不斷在嘗試如何用藥物消除記憶，希望可以應用在受過創傷的人身上。

目前大家認同的假說，表示記憶要能長期被留住的關鍵是某個叫 PKMzeta 的蛋白質，如果能抑制這個蛋白質，記憶就會慢慢消失。雖然這類研究還在很初始的階段，但這些認知都指向記憶消除藥物的可能性。我們的腦裡有一千億個神經元，相當於電腦的十兆GB記憶體。光要備份，就需要科技能發展出更便宜、容量更大的記憶體能，才有可能讓大腦備份普及。說遠了，如果能刪除記憶，你會要嗎？

本文作者為知名網紅 二〇二〇年一月六日

在創造未來的《記憶死刑》

■ 陳國華

從事未來學教學和研究二十多年來，首次有機會為學生的著作撰文作序，這種難得的喜悅之情，主要來自於後浪終於啟動開始推前浪，更甚而是青出於藍而勝於藍的驕傲。相信多數人首次聽到《記憶死刑》時，心中充滿了好奇之心，進而發展出願聞其詳之意。但若是只聽到死刑兩字，心中總是充滿無奈之感，怎麼多年的社會問題爭論又來了。不僅死刑存廢問題，還有安樂死、毒品合法化、核能等等跨世紀爭議。因為儘管時序已進入二十一世紀第三個十年，科技創新進展速度飛快，人類社會組織結構不斷受到挑戰，而亟需思索因應之道，但是我們賴以為生的思想信仰、價值觀都似乎還想留在新石器時代，非常不情願改變地慢慢跟著。面對改變，人心就是有點固執，缺少勇氣，缺乏刺激或是誘因不足，但主要還是找不到有想像力和創意的方法。

啓東的小說《記憶死刑》應該是具有前瞻潛力的美好創作。劇情有相當高的整合左右腦思維的吸引力，小說情節從我們不擅運用的右腦想像力切入，問了個令人眼睛為之一亮的「將來，要是……」(what if?）問題，假設時空環境已然改變，我們都可以用未來人身分，回過頭來反思我們當時的決定。劇情接續著慣用左腦理性思路的多數人觀點，用非常細膩的文筆交錯，順暢地描述未來議題的可能成因，接著進入透視各式各樣利害關係人的世界觀，然後又巧妙運用驚奇式的發現，扭轉一直以來我們共同的迷思和人生的基本假設。雖然我一直喜歡閱讀科幻小說，因為不用出門也可以享受穿越時空的快感，但這種可以一氣呵成的閱讀經驗卻是少有的，除了滿足向來充滿好奇的心，也藉以磨練善於推理思辨的的腦。

科幻小說家的寫作自由令人激賞又羨慕。未來學家或研究未來的學者通常受限於從事未來預測的專業倫理，以及後續解決問題的政策建議，就是當論及創新未來科技時，也要同時評析科技未來及其社會政策意涵，談論未來必須在一個解決問題的前提之中，因此總是有綁手綁腳的感覺。《記憶死刑》這本小說相當程度的讓理想與現實拉近了距離，期許不久的將來，我們人類社會中存在已久的爭論議題，都可以讓小說家透過想像力，發展出另類未來（alternative futures），讓我們可以跳脫出延續性思考的框架，實踐未來學領域的一句名言：預測未來最好的方法就是創造未來。

作者為淡江大學未來學研究所副教授

《記憶死刑》——創意科幻與未來探索

■ 黃海

優秀的科幻小說應該具備的基本條件不外是思想和藝術，評價科幻小說也可以用這個準則來衡量。思想，是核心點子，提出一個科幻或科學的創意點，撐起科幻架式，已經成功了一半，剩下的就是利用設定的點子做藝術呈現，藉著小說技巧說故事，有如從枝幹中長出綠葉開出花朵，達到作品的趣味化。

作家彭啓東推出的新作《記憶死刑》提出一個死刑的新觀念，讓它發生在可能的未來，藉著寫出的故事用來說明：死刑犯的記憶消除，重新教育犯人，賦予犯人新身份，回歸社會並強制工作，將薪水回饋給被害者家屬；這是洗滌人性污點並且推動人類文明進化的可能方案，值得寫成具有深刻意義的小說。這個死刑的概念正好和我的一篇不到千字的小說《替代死刑》類似，被收入翰林出版國中教科書。科幻小說點子的似曾相識或雷同，在科幻史上見屢見不鮮，我曾經寫過一篇文章〈同樣的點子，不同的樣子〉是最好的說明。二〇〇九年年初轟動中國大陸的《流浪地球》，正和我早年的《地球逃亡》有著同樣的點子。

《記憶死刑》未出版和拍電影之前讓我先睹快，非常榮幸，作者才藝雙全、文理兼備，他的苦心孤詣和高瞻遠矚令人敬佩不已。在電子媒體當道，文學出版衰落的當代，勇往精進，提出創新觀念的作品，令人耳目一新。在這裡我必須誠實的說，我是先會寫傳統小說再寫科幻小說平凡寫作者，所以科幻寫作者通常必須跨過兩道門檻，會寫小說（或童話），再寫科幻，這是分析我自己當初創作過程，有感而發的法門，如果不熟悉小說寫作而先行嘗試科幻創作，一步到位，就必須檢視小說味是否必須加強。彭啓東的新作中，我看到的是思想上的充沛，而在藝術經營上的火候，相信他將作品拍成電影會有更大的爆發。

那麼，好科幻到底長什麼樣子？

以科幻電影來舉例比較容易了解。《異星入境》是華裔作家姜峰楠〈你一生的故事〉短篇小說改編的，講的是人類與七足外星人（Heptapods）溝通的故事，外星人有如章魚，藉著噴出「墨汁」，形成的圖像做為文字語言表達，這是一種科學推理臆測。故事中描寫女主角在回憶中預見了未來，讓我們想起愛因斯坦去世前留下的名言，「過去、現在與未來，只是人們心中頑固堅持的幻相。」原著是有所本的，有思想的。小說與電影的敘事輕柔感人，流瀉著憂鬱的抒情風味，達到藝術效果。

英國威爾斯一八九五年的《時光機器》已經創下了完美典範，當時科幻小說（science fiction）這個名詞還未流行，有人認為《時光機器》是真正意義上現代科幻小說的元年，並不為過，整部小說是沿著科幻設定往前推進情節故事，科幻創意凸出，也藉著時光旅行經歷，對未來社會的負面發展提出警告，成為經典名著。

網路可以讀到〈熊發現了火〉中文版全文，原著獲得美國星雲獎、雨果獎、希歐多爾鱘魚紀念獎、艾西莫夫獎、金寶塔獎，以及其他幾個為了給這個作品增光而快速建立起來的獎。小說標題已提出了科幻點，開頭主角和弟弟正在開車前往看望母親的路上，看到樹林中熊拿著火把匆匆走過，又發現熊生了一堆火來度過冬天，接著寫主角家人親情和野營生活，平易近人貼近現實而感人，猜測是黃石公園大火造成了熊的開悟用火，平實中做了藝術呈現。小說提出生物進化的可能，卻是非常合理的震撼點，也反映了環境災害。

不好的科幻呢？常見的情況是科幻點與小說情節分離，無法融合一體，故事偏離科幻軸心；相反的，科幻元素堆積得太多了，一片蕪雜，讀不出小說味。作者可能未熟練小說寫作就揮筆科幻，尤其是缺少文字閱讀受到電玩遊戲影響的新世代作者。至於九把刀很多小說是使用了科幻元素，妙趣橫生，他的小說是泛科幻的一種，不在意是否提出科幻創意點；李潼《望天丘》中的幽浮，只是用來講同一個人相隔一百多年經歷的故事，用意不在科幻。

打個比方，我們要粉刷一片牆壁成為淡雅灰色，使用的是白色水泥漆逐漸添加黑色漿，調好適度顏色再粉刷（其他五顏六色類推）。這個色漿，好比科幻元素，不能調太多，否則科幻元素充斥，牆壁偏黑了，形容在科幻寫作上，整篇看起來有如科學或科幻概念說明書，只見樹枝缺少綠色葉子。這也是香港著名科幻理論家李偉才（李逆熵）說的「知識是想像的原料」，用以構設優秀的科幻小說。

很多科幻小說或電影的核心要素，有的是指向科技或未來可能探索，有的只是用來反映人文社會層面的未來，要達到兩者兼具相互交融，是非常不容易的境界，《星際效應》正是難得的經典。

我提供以上的概念，和讀者一起來讀《記憶死刑》這部揉合人文思想與科技科幻概念的小說和電影，預祝成功勝利。

本文作者為科幻小說家二〇一九年十二月二十日

目錄

終篇 被壓迫的生命……109

世界

死刑議題中有一方支持死刑，另一方支持廢除死刑，兩方在長久的爭論之下依舊沒有共識，雙方也理解自己的選擇不是一個完美的方案。

直到記憶消除的藥物發明之後……

某個國家為了解決此一議題，提出了第三條道路《記憶死刑》，把死刑犯的記憶消除，重新教育犯人，經過整形之後賦予犯人新身份，回歸社會並強制工作，將薪水回饋給被害者家屬，這一連串的步驟就是記憶死刑的核心內容，也是社會的主流價值，並且穩定了這個社會。

首篇

加害者之家

第一章 重生者們

記憶死刑第一條：『重生者不能找原本的家人與受害者。反之，原生家人與受害者也不能找重生者。』

城市上空總是呈現灰濛濛的霧氣，市中林立了許多灰土色的建築，建築隙縫中的一條街道，一間簡陋的麵店，外面有著零星的幾個人在等待著，等著已經點了許久的麵。賣麵的是一位老婦人，身體彎曲如殘月，行動緩慢，重點是菜單上也僅賣兩種麵而已，餛飩麵和陽春麵。

站在麵店對面的裴恩，三十一歲，遠遠地看著位老婦人，慢慢地，眼淚就流了出來。

「為什麼會流淚？一點……一點印象也沒有。」裴恩靜靜地說。

站在裴恩一旁的是他的上司，馮億中，五十歲。

「……被刻在生命上的事，不會因你忘了而消失。」馮億中說。

這個地方是馮億中帶著裴恩來的，那位老婦人是裴恩的媽媽，這也是當裴恩有了新身分，或是說有記憶以來的第一次見到媽媽。但裴恩其實是不能見他的媽媽的，因為他是被處以記憶死刑的犯人，而這些人被稱之為重生者。

這是一個沒有死刑的國度，取代死刑的最高刑罰是記憶死刑，每個判處記憶死刑的人，都會施打藥物使記憶完全喪失，等同於人格消滅，而這些事裴恩都知道。

「我能走過去嗎？」裴恩顫抖地說。

「記得我們的約定吧？我們只是偶然經過這裡的，當然之後你也能常常偶然經過這裡。」馮億中說。

馮億中之所以這麼說，是因為這個國家對於重生者有著諸多的限制，其中一項是這麼規定的：『重生者不能試圖找回原生親人、愛人和被害者家屬，反之原生親人、愛人和被害者家屬也不能找回重生者。』基於這項規定，可以防止了重生者被處以私刑報復。切斷過去一切的關係，也是記憶死刑這個刑罰的懲罰部分。如果違反規定的重生者將再度判處記憶死刑，因為在法律上『重生者』已是全新的人，和原本的身分是不同的。

裴恩在想，假如自己沒有殺過人就好了，這樣也不會被判記憶死刑。在這國家只要是殺人、殺人未遂、過失殺人就會判處記憶死刑。

馮億中看似有經驗地抽出準備已久的衛生紙給裴恩，並慢慢走到一旁，點著他最愛的菸，另一頭則是一個大男人在路邊不斷地哭泣。大太陽下除了淚水的反光之外，最亮的就是裴恩和馮億中胸前的重生者標籤了。

這次的見面是馮億中的特意安排，不是單純出自好心而已，另一個理由是要裴恩接續與幫忙馮億中所認為的善舉，也就是私下幫忙找回重生者的家人或愛人。剛成為重生者的人很容易被說服，但講難聽點就是容易被洗腦，也因此就在裴恩剛成為重生者不久就帶他見母親，讓他體會遇見親人的感受，是多麼複雜、多麼幸福的事。這樣馮億中才有辦法讓裴恩成為自己的助手，以便幫助更多人。如果這件事情被舉發，他們可是要再度判處記憶死刑的，所以馮億中可是非常小心翼翼地私下進行這些事。

在表面上他們被政府分配在消防局裡，職稱是談判專員，專門和犯罪的人談判並阻止他們犯罪的職業，而隨著記憶死刑開始，想藉著法律漏洞成為重生者的人也越來越多，他們的工作量也隨之變多。

但是私底下，馮億中是一位幫助重生者找回家人的一位志工。他長期與徵信社合作，還從政府的重生部門拿取了重生者資料。

裴恩從這次遠方的見面後，每週六都會花個兩個半小時的時間來這裡買媽媽的麵，可能你會好奇，這樣不就會被認出來嗎？政府有著完善的配套措施，重生者在施打藥物之後，會將重生者整形，把主要的特徵修掉。

裴恩來到麵店。

「真準時呢。」麵店老婦人說。

「一碗餛飩麵。」裴恩說。

「好。」

裴恩總是戴著口罩買麵，吃的時候也不會把口罩全部拿下，避免被老婦人認出來，即使已經整過形。

老婦人看上去七十歲，用著緩慢的動作把麵放入滾燙的水中，轉個身子拿起幾片青菜與配料，裴恩看著自己媽媽的每一個動作，時間好像停滯，不單是因為她的動作緩慢，主因是他仔細地想著以前自己到底是什麼樣子的人，過得怎麼樣的生活，是怎麼樣和自己母親交流，如果不是重生者，現在裴恩是如何和媽媽一起走到現在的。

老婦人端麵過來時說：「這次幫你加了不少芹菜喔。」

因為每次裴恩都會要求多放芹菜。裴恩吃了幾口，覺得非常的對味，很快就把麵給吃完，因為裴恩今天晚上還要上班，回程還要好幾個小時，雖然每次也都是很快吃完。這點吃飯的時間，都讓裴恩感到一股說不出的心裡滿足，這可能是彌補，可能是找到根基的感覺，可能是留在體內的相同基因所造成的感受。

「六碗外帶的好了，把麵和湯給分開來了。」老婦人說。

裴恩為了讓自己母親的日子好過點，每週都多買了六碗，六碗麵還有另一個功用是，裴恩每天都能吃到媽媽做的麵，所以才要求麵湯分開，不然麵爛了可就不好吃了。而這也是他身為兒子唯一能做的了。

「下週見吧，年輕人。」老婦人向對著老顧客揮手。

今天買麵的人很少，老婦人忽然有多的時間可以發呆，想起以前只有自己兒子會加芹菜而已，這就只是突然出現的念頭而已。

裴恩與老婦人這樣的關係持續了半年多的時間，直到裴恩的媽媽罹癌去世。不過裴恩是去了好幾趟，都沒看到媽媽出來擺攤，才被隔壁攤位的阿姨通知才知道，原來媽媽已經去世了幾週。

這天裴恩突然想起馮億中第一次帶他去見母親後，要走時馮億中說的一句話。

「重生者如同沒有根基的葉子，總在尋找自己的源頭。」馮億中說。

當時裴恩還不太理解馮億中說的這句話，但在得知母親去世的這天，才了解這句話的感受。

過了一年之後。裴恩到消防局已工作一年六個月，但在他來消防局之前也和一般的重生者一樣，需要經過一整年的重新教育，因為記憶藥物會完全將重生者的記憶清除，所以需要重新學習人類社會的種種，其中包含半年的基礎學習，像是語言和習俗，以及剩下半年的職業訓練。以便政府給予新身分與工作後，可以抽取重稅補償被害家屬，這麼做的目的不是讓重生者過好生活，而是要讓他們再度貢獻社會。

裴恩的職業訓練是消防訓練和談判訓練，之後就分配到消防局裡面的談判部門，馮億中是裴恩的直屬上司，也是一位重生者，他負責教導與談判部門裡的實務操作。

這天黃昏時消防局裡的人都去救火和談判救援案件，辦公室裡好幾張桌子都空著沒人，只有裴恩坐在總機的位子值內勤。這不是因為他是新手，而是因為他受傷了，他總以社會責任鞭策自己，每次出任務時，都會奮勇衝向前線，不讓自己愧對身上的重生者標籤，因此常常受傷。裴恩認為重生者能夠活著，是要為之前所做錯的事彌補，畢竟之前都是犯下殺人罪的犯人，所以必須更努力工作與奉獻，這都得歸功於成功的重新教育訓練，讓重生者打從心裡相信自己的使命。

「手伸過來。」蔡玉嘉正幫裴恩重新包紮手上的傷口。她是消防隊的內勤，是裴恩的女前輩，時常照顧新進的重生者，但她並不是重生者。

「痛。」裴恩的手臂感到疼痛地說。

「就叫你不要這麼衝了。」蔡玉嘉總是苦口婆心講。

總機電話聲響起，蔡玉嘉馬上把手上的繃帶交給裴恩，並迅速地接起電話。

「消防隊，你好……」

「幾個人？地點在哪？」蔡玉嘉邊講話邊用筆記下案情。

裴恩這時急急忙忙地包紮自己手上的傷口。

「什麼？要十分鐘？」

蔡玉嘉掛掉電話說「該出任務了。」

「救援談判通報，需要談判員，是一對夫妻在頂樓威脅贖金的案件。」

「又是一個典型案件。」另一位消防隊員說。

蔡玉嘉驚覺現在沒有談判員。

「但馮分隊長和其他人全都出任務了，現在沒有談判員了。」

「學長，我去。」裴恩勇敢說出口。

「我已經來一年半了，在跟馮隊長身邊學了談判技巧，我認為我可以接下自殺案件。」

兩位消防隊員互看彼此，一致認為裴恩還未成氣候，但是他們是救災人員不是談判員，所以正在猶豫是否要硬著頭皮讓裴恩出動。

蔡玉嘉皺著眉頭並猶豫了一下說：「至少要有兩年以上的經驗才行呢。」

王分隊長這時跑來，依照慣例，只要電話一響，分隊長就會前來了解狀況。分隊長看到裴恩手上的傷口，接著拿起剛剛蔡玉嘉填寫的制式表格。

「受傷？你可以嗎？」

「我可以。」裴恩充滿力量的說出來，希望能為自己爭取到這次的機會。

王分隊長看到裴恩堅定的神情，很想表現自己的能耐，但是時間有限，也只好放手讓裴恩去做。

「好就交給你了，好好幹。」

「謝謝分隊長。」裴恩感到非常高興終於可以盡到社會責任。

「還不快去給我準備，時間不多了。」分隊長說。

蔡玉嘉很快的開著消防局的轎車，帶著裴恩趕到事發地點，裴恩在車上準備著等等可能會用到的談判小書，快速複習著書上的談判技巧。

他們到了目的地，就在十字路口上，能走的道路只剩一小條，其他都被圍了起來。地面上有三輛消防車、三輛警車、還有一堆路人在觀看。許多消防人員正在準備些器具，非常忙碌，一旁還有民眾到場圍觀，場面相當混亂。警方也在一旁，只不過他們都慵懶地坐在車上或是站在外面冷眼旁觀，一點動靜也沒有，與消防隊員呈現兩種極端對比。在場不論是警察還是消防員身上大多都有別著重生者標籤。

「不要衝動。」一位消防隊員用麥克風說道。

裴恩下車後馬上和現場的負責人了解案情：頂樓企圖自殺的這對男女是一對夫妻，先生名叫紫豐，太太名叫洪玉。紫豐做生意失敗欠了不少錢，因為長年還不出債，紫豐一時氣憤殺了逼債的人，因而被警方通緝，被抓到的話會被判記憶死刑。妻子洪玉走投無路之下，竟然勒索自己丈夫，向紫豐的叔叔要錢，若是給不出來，就會殺了自己丈夫，一起同歸於盡。妻子也想要被判處記憶死刑，這是身為談判員的裴恩不能接受的，他要在妻子進行殺人行動前阻止她。因為是否有殺人的『行動』是判處記憶死刑的關鍵判斷。

裴恩了解案情後隨即跑上頂樓，後面跟著幾位消防隊員，都跟不上裴恩的速度。他衝到了頂樓，打開老舊又生鏽的鐵門，眼前就是那對夫妻。他們很靠近女兒牆邊，洪玉的刀正架在紫豐的脖子上。

「五百萬呢？不要過來，沒有用的。」洪玉說。裴恩試著再往前挪一步。

「你再靠近，我們就要跳了。」妻子拿起刀指著裴恩。

裴恩用手勢要後面的消防員不要跟上來，在樓梯間等著，裴恩要準備談判。

「我不過去。我只想陪你們聊聊，看我能幫你們什麼？」裴恩邊說邊在地上坐了下來：「可不可以告訴我，為什麼要叫叔叔拿錢出來？」

裴恩這個問題似乎問到了關鍵，洪玉突然哭了出來。

「還不都是因為叔叔，說什麼投資保健食品好賺，把我們的錢都騙光了！嗚嗚嗚……」

洪玉一邊說著一邊用拿刀子的那隻手抹著眼淚。

「這麼說來，叔叔真的是應該還你們這筆錢才對，是不是？」

「洪玉，你真的不能怪叔叔，他沒有騙我們，是我自願交給他投資的。」紫豐試圖為叔叔辯解。

「你不要替他辯解！反正就是他害我們賠錢的！」洪玉說著，又把刀更貼近紫豐。

裴恩深怕洪玉失控，試著轉移洪玉的注意力，但是缺乏經驗的他又不知道該說些什麼，只好繼續待在原地保持沈默。

時間一分一秒過去，眼看就快到五點鐘了。裴恩透過警用無線對講機，得知紫豐的叔叔根本無意送贖金過來。但是根據王分隊長的指示，裴恩不可以透露給紫豐夫婦知道，必須盡力將他們勸下來。

「妳想要什麼？真的只是錢嗎？沒關係說出來，我來這裡是為了幫助你們的。」裴恩說。

裴恩知道，談判最重要的就是了解對方的目標，知道目標才能找出對策，因為目標與目的是談判前沒有的東西，是談判完成會得到的東西。

夫妻倆一直往大樓下面看，似乎完全不想理會裴恩。

「你們需要家人來嗎？家庭是穩定社會的力量，他們可以幫助你們度過難關……。」裴恩說。

洪玉終於回頭看著裴恩，視線停在他身上的重生者標籤。

「家人？你懂什麼是家人？你懂什麼是家？」洪玉說。

「家是維持社會安定的最小單位，是由同一個系譜起源的祖先之間的關係。」裴恩說。

洪玉聽到後冷笑了一下，沒想到這個談判員居然完全照著書上的定義說出來。

「妳好好思考，妳老公已經犯下殺人罪，不要連你也一起淪陷了。」裴恩說：「一起面對現在的人生吧，我們一起把它修復，我會協助你們的。」

「看來你真的是什麼都不懂。」洪玉說：「告訴你好了，我們是逼不得已的。」

「什麼意思？」

「我們要一起成為重生者，這是對我們家最好的選擇。」洪玉堅定地說。

這時裴恩更是不懂了，他手心冒汗，開始緊張，因為他記得書上沒有講過這種情況，只好馬上拿起書翻開裡面尋找解法。

「那本小書是無法解決任何問題的。」紫豐反問裴恩：「我問你，你的生活過得好嗎？」

裴恩有點驚訝他居然反問了自己。

「我？我過得很好。」

「政府給你們穩定工作，而且消除記憶還能一筆勾銷犯罪紀錄，讓你們重新再過一次人生，不論你之前是怎樣的人，對吧？」

「是，沒錯。」

「那我問你，你是重生者，過得還不錯，為什麼要阻止我們變成你們呢？」

這問題把裴恩問得傻住了。他不明白他自己這份工作的意義在哪裡，他從沒想過這問題。雖然現在裴恩還是試想著如何幫助他們一起面對現在的人生，但是內心卻有一股奇怪的感受，難道自己做錯了些什麼嗎？。

空拍機飛了上來，地面監看著畫面中，認為裴恩沒什麼動作，但看似有和夫妻做些談話，這樣持續了幾分鐘，而後面的消防隊員沒走出頂樓外。

「只要從這跳下去。」紫豐說「就是全新的人生了。」

說完，洪玉丟下手上的水果刀，夫妻兩人親吻後便一起跳下樓。

圍觀群眾開始尖叫。

後方的消防員瞬間從頂樓樓梯出來，裴恩也趕快衝向前，往下一看，夫妻掉落在安全氣囊上面，他們紛紛鬆了一口氣。

在安全氣囊上的兩人，手居然還牽著彼此，看似沒有受傷，起身後再度擁抱，像是完成什麼壯舉。當他們再度抬頭時，一群警察立即一湧而上，將兩人手分別銬上手銬。

其中一名警察開始例行性宣讀：「你們有權保持沈默，但你所說的每一句話都將作為呈堂證供。」

此時，夫妻兩人露出幸福的笑容。

在這國度想要主動判記憶死刑的人，除了殺人之外，就是選擇殺人未遂，要成立殺人未遂要有殺人行動，而最常用的方式就是要求贖金，再來就是在建築上往下跳，一同自盡，這樣才能證明你有殺人行動，這時下方的消防隊也會準備好安全氣囊，不會有任何人死去，這樣就可以技術性的讓自己重生了，過著被政府安排的美好生活。

裴恩從地上拿起剛剛那對夫妻遺留在地上的一張照片，照片上有夫妻倆位和一位國中女生，看起來是他們的孩子，但是照片上的血漬卻遮掉了半張照片，也把國中女孩的臉遮住了。

第二章 重生者的社會責任

那位被逮捕的丈夫，因為殺了討債的人而觸犯殺人罪，被法院判決記憶死刑定讞，將於一周內執行記憶死刑。

即將行刑的這天早上，丈夫被帶到處決室，那是非常乾淨溫馨的房間，有著溫暖色系的傢俱和擺設，房間中心有沙發、電視、咖啡機，另一旁還有以及對外窗戶，非常明亮。依照規定可以指定傳喚？想見的人，聊聊過去發生的事，因為之後等於要告別自己原本的人生了。他約了幾位朋友，但就是沒有約自己的女兒。

下午的行程是做職業適性測試，過程就像面試一樣，以便幫助重生後分配到適合的職業。

「謝謝你簡單的陳述，面試已經結束。」醫生說。

「記憶都要消除了，還要做這些幹嘛，還不快讓我死一死。」丈夫說。

醫生微笑後說。「這是將作為你下輩子工作的參考，最後我們給你幾分鐘的時間，你可以錄影像給某個來不及見面的人，我們會幫你交給他。」

「任何人嗎？」丈夫猶豫地說。

之後他便開始錄製影片。

＊＊＊

終於要開始行刑，醫生正在準備要施打的藥物，丈夫坐在特製的椅子上，還有一位警察幫忙固定他的手腳。

這時丈夫說「我重生後可以幫我整帥一點嗎？順便幫我把手指的斷肢也補起來吧！」

「整帥是沒問題，但是手指的斷肢可就不行了。」醫生說。

「好吧！」丈夫說。

醫生撕開藥物補充包，把液體藥吸入針筒中。

「據說死前會有人生的跑馬燈呢！」丈夫接著說。

「如果真的有靈魂，或許吧，會有吧。」醫生說。

醫生拍打他的手臂，仔細地施打藥物，透明又略帶黃色的液體進入了他的血管裡，丈夫便慢慢意識不清，並癱軟在椅子上。

「美好的人生即將來臨……」丈夫用最後的力氣說。

說完這句話後，他眼角的淚慢慢地滑了下來，不知道是高興迎接新的生活，或是對於過去艱困生活的不捨。

＊＊＊

每月在消防局都會有一場例行的會議，裴恩在門口等著馮億中，準備和他一起進入會議室。裴恩因為這次的救援失敗非常自責，也擔心待會兒會被大隊長罵。

「隊長。」裴恩說。

「我知道，等等什麼也別說了。」馮億中說。

兩人進入會議室，裡面約有三十多人，台下的人胸前都有著重生者標籤，台上的大隊長沒有重生者標籤，有著許多獎章。

大隊長說：「最近愈來愈多人試圖用各種方式想要成為重生者，但是要被判記憶死刑的關鍵是有沒有進行殺人行動。而且大部分的人都沒有真的想要殺人，所以都選擇殺人未遂的方式，好讓自己被判記憶死刑。而我們必須去和他們談判，要他們放棄進行殺人行動，我們的工作就是不能讓他們犯下殺人罪、殺人未遂等罪刑，不能讓他們如願被判記憶死刑。」

「消防局的談判專員，都能避免多數類型的案件，除了一種……就是犯人挾持被害者，並且一起跳樓自盡的案件。」

「為什麼他們跳下去時，會被認為是犯法？」一名隊員不解地問。

「犯人通常會等待消防隊把安全氣墊準備好，再跳下去。這麼做會馬上被警政單位認為符合『進行殺人行動』，而把犯人逮捕。」

大隊長接著補充，這些犯人通常都屬於低下階層，並開始指責大家辦事不力，因為重生者的數量已超過政府預期，沒有這麼多職缺給重生者，所以受到局長的施壓。

「為什麼政府給你們第二次的生命？」大隊長指責地問。

消防同事們用著非常明亮的聲音說「社會責任。」

「很好，政府給你重生者第二次人生不是給你來玩的，他們本來是好好的人，可是當他們把人生玩爛後，卻想藉由記憶死刑的正義脫胎換骨，變成重生者，這我們是不允許發生的。」

裴恩脫口而出：「如果我們對社會這麼有幫助，為什麼不讓他們加入我們呢？」

突然間所有人吃驚地看著裴恩，這一瞬間會議室完全沒有聲音，大家都在想，他怎麼會說出這種話呢？

大隊長短暫停住幾秒，轉向裴恩的方向，首先打破沉默的說，「我們是去救人，不是讓他們去送死，我們是要讓他們面對自己人生，逮捕他們是警察的工作，了解嗎？」

「了解。」裴恩說。

裴恩雖然覺得怪怪的，但看到馮億中暗示他不要再說話了，才嚥下這口氣。

接著大隊長開始注意到裴恩就是這次救援事件的談判員，詢問到底是誰讓新人去現場談判的，裴恩說是王分隊長，但是王分隊長卻否認這件事，因為王分隊長不是重生者，所以大隊長也不懷疑這件事，反倒是質疑有重生者身分的馮億中沒有將新人栽培好。

＊＊＊

重生者演講

記憶死刑第二條：『重生者要履行被冠上社會責任之事。』

重生者即使已經受過一年的訓練，其實只能夠和人對談而已，各種社會常識與知識還是太過缺乏。

想想就知道，現代人可是要花十八年或更多年的教育，才慢慢在社會上立足，而重生者卻只花了一年，所以政府為了讓重生者更融入社會，設想了完善的配套措施，其中一項就是重生者演講。

重生者演講是針對重生者所提供的各種講座，重生者每月至少要參加一次，演講者大多是模範重生者，他們是被政府選出來的傑出重生者。他們會到處演講，講述他們曾經遇過的問題與經驗。

在重生部的演講大廳，講台上掛著一塊布條寫著「重生者的社會責任」以及非常巨大的投影幕。整個大廳能夠容下二百人，今天參加的人也差不多是這個數字。裴恩也有到場，坐在台下，周圍有不少黑衣維安人員在走動，獎台上有一位模範重生者，身穿正式西裝，帶著非常自信的身體語言，演講著個主題。

投影幕上播放著各式各樣的死刑方式，有電椅、絞刑、槍決、割喉、剖腹、投擲、活埋、肢解，還特別介紹了中國非常早期的炮烙，這是夏朝的極刑，把人綁在銅柱上，中空的銅柱放置炭火，焦灼肌膚而死。

講者從最粗魯的死刑講到近代的安樂死，下面的聽眾彷佛觀賞了人類極刑的演進過程。

「死刑是人們思維與科技落後的時代產物，我們從過去這些死刑的演變就可以得知，因為過去時代的人們認為以牙還牙是非常公平的事，而且代表正義。」模範重生者說。

下一張投影片是一台撞壞的車子的圖片。

「我們試著從人道的角度看，假如車子被撞壞，需要撞壞的人賠償，讓他恢復原狀，但是犯人殺了人之後，再把這個人殺了，這社會可是少了兩個人呢。」

講者接著放出下一張投影片，上面明確的數據和表格，記載一個人從出生到成年（二十歲），需要花費將近八百萬。

「這些原本的死刑犯可是受到家庭與社會的種種投資，花費金錢以及二十年以上的時間，卻因為一件事就被認定投資失敗，這不只是對於幾個家庭的損失，對國家而言也是一樣的，所以記憶死刑的出現，挽救了這個現象。」

模範重生者猶如政治明星的演講，台下一片拍手鼓掌聲，紛紛表示贊同，模範重生者也停下腳步，享受令人鼓舞的短暫樂章。

「讓重生者們工作，除了能避免損失八百萬的投資，重生者還能終生補償金錢給受害者家屬，止住了社會的損失，讓整體社會多了更多好處，而且去除記憶後，犯人們的人格也將完全抹滅，意味著犯人已經死亡，不再擁有美好與辛酸的過去。其中最大的恐懼就是犯人將不再是自己，成為重生者之後，不再有著之前的個性。」

講到這裡時，裴恩已經眼眶泛淚，而被感動到的不只他一人，台下每位年輕重生者都是被這樣的話語激勵到。

「講了這麼多，你們還活著的目的就是終其一生為了他人、為了社會而存在，這就是你們的責任，那你們該如何……？」

十六年後，台上的演講者還是講著這個主題，繼續述說這一段，只是換了人說而已。

「這就是你們的責任，那你們該如何……貢獻社會呢？」

這是一股熟悉的聲音，台上演講者穿著皮鞋、西裝褲和黑色西裝，此人站著筆挺，並有著自信的肢體動作，他就是裴恩。

台下的重生者依然被深深的感動到，像是可以從他們發亮的眼睛裡，看出他們的社會責任，和想要趕緊幫助社會的心，但反觀裴恩卻是兩眼無神，已經沒有當初的神情。

「最直接的方式是用錢補貼被害者家屬，當然也包括今年通過的增訂法案，自殺未遂者也將會納入記憶死刑的範圍。為了有效率的補償鉅額的賠款，政府提供了三種工作，第一，是人們不想做的職業。」投影片出現清潔工，和建地工人。

「第二，是與救人相關的高風險職業。」裴恩此時放出警察、消防人員、救生員、保鑣等工作圖片。

「第三，是高產值職業，成為社會上傑出人士，貢獻高額稅金，不過這種人屬於少數。」螢幕上出現歌手、精工師傅、電子產業人士等等。

突然間一位台下的重生者大聲喊出來。「這是錯的！」隔了一到兩秒後，他站起身來。

這時劃破寧靜的是維安人員的腳步聲，他們像似盯住獵物一樣一步一步地從遠方逼近。

「我知道你們背地裡做了些什麼，你們把重生者送到核能處理廠，處理這次的核外洩事件，不然怎麼這麼快就有一堆志願者在前線處理。」反抗者快速地說。

維安人員的腳步聲從一位到數位，慢慢增加中，地板一陣沈悶的震動。

「這是我請徵信社調查過的資料。」他拿出一個資料夾。

「是我老婆變成重生者後，進入核電廠的相關調查。之後她就不見了，完全從社會上消失，這就你所謂的社會責任嗎?將重生者當作這個國家的養分，無情無止盡的使用，用完就丟。到底……，我老婆只是憂鬱症而已，她只是自殺未遂。」反抗者非常激動地說。

「你的老婆想殺害自己，這已經對你造成損失，但我們做了更好的安排，讓她貢獻社會。」另一位在講台上的演講者說。

「大家也發覺到了吧，我們一起反抗，我們可以做到的，不要再被他們束縛住了。」反抗者冷笑後說。

這位反抗者看著本該要一起行動的夥伴們，但他們完全一動也不動，冷漠的看著前方。

「大家……」

從四面八方而來的維安人員走到他旁邊，反抗者馬上亮出一把手槍，讓所有人驚嚇而退後。

「我不再讓你們對我的腦袋動手腳，那些在記憶裡的事如同我的生命，你能消滅我的記憶，但消滅不了那些我所做的事。」說完的那一霎那，他往自己頭上開了一槍，血液如煙火四散。維安人員迅速為他蓋上一件外套，並把他給拖走，但是那一聲響，在現場人的腦中絕不會這麼快的消失。

另一位演講者站出來試圖解釋這起事件。他說，如果隨便讓人知道重生者在哪裡，會使重生者遭遇各種可能的威脅，所以對於重生者的行蹤絕對是保密的。

有位台下的重生者接著問道，「那個人真的有能力殺害或是威脅我們嗎？」

這位演講者說不出話來，即便他想試圖解釋。

裴恩這時說話了，「當然會，只要是忘記自己責任的人都會。」

之後裴恩的下屬趙子強告知這場演講中止，裴恩才匆匆離去。

第三章　質疑的開端

這十年間裴恩已經從菜鳥變成專家，達成了百分之九十的成功救援率。現在談判任務除了要阻止人們想靠著殺人、殺人未遂成為重生者之外，還多了一項『企圖自殺以成為重生者』的人。雖然業務增加許多，但他出任務時總是隻身一人上頂樓執行救援談判，並且總能將想自殺的人帶了下來，和裴恩出任務的人都感到輕鬆，也因為他的優秀表現被選上模範重生者。

現在的裴恩有個小跟班趙子強，他是一位消防談判組裡的新人，當然也是一位重生者，只有二十五歲，比當時裴恩剛成為重生者時更年輕。這就像當時馮億中帶領裴恩一樣，教導他了解救援談判技巧，以及監視重生者應該要履行的義務，多數時候裴恩只讓他做後續的動作。

政府為了避免太過多人想要藉著記憶死刑變成重生者，所以要判刑的主要依據是看有沒有確切的殺人或自殺行動，而跳樓自殺相較於燒炭或是其他自殺行為安全許多，因為救援隊會在下面準備好安全氣墊，只要跳下去就會承認殺人或自殺行動。

這次的救援也不例外，是一件想藉著跳樓自殺來達成殺人行動的典型事件，一如往常裴恩一人完成了救援，把自殺者帶了下來，救援成功後的自殺者或是殺人未遂者，將會屬於消防局的管理範圍，因為犯罪之前屬於消防談判組，而犯罪之後屬於警政單位。

和裴恩出任務的警察總是自討沒趣地說工作都要被裴恩給搶走了，而趙子強總以崇拜的眼神看著裴恩的救援成功，雖然一次都沒讓他參與，裴恩只會把自殺者交給趙子強處理後面的相關作業及輔導。

趙子強把自殺者帶回消防隊談判組辦公室，這裡燈光柔美，有幾個咖啡圓桌，是用來輔導自殺者或殺人未遂者，幫助他們面對現實、心理輔導和工作媒合等等，這就是目前趙子強的工作。

趙子強除了要參加重生者演講之外，還要履行其他的社會責任，像是參加聯誼所的聯誼活動，直到不再單身。政府認為戀愛是最快讓重生者融入社會的方式，讓再婚、單親家庭、晚婚的人與重生者配對，重組家庭後能穩定社會，所以在政府開的聯誼所內重生者可是非常的吃香。

快要下班時，裴恩督促趙子強今晚在聯誼所有預約要一起去。

聯誼所內部像是飯店一樣，有著許多房間，提供給當天聯誼成功的人住宿使用，要聯誼的孤男寡女會在聯誼室內排隊等待聯誼，坐在聯誼室裡面的重生者要不斷與來聯誼的對象交流，不過想和一般人互相聯誼的話，可以到大廳去，那裡就能和各式各樣的人聯誼。

「隊長你真的在這遇見你前妻的嗎？」每次趙子強一進入聯誼所就會問。

「到底要說幾次你才相信。」裴恩說。

趙子強會這麼說是因為他已經來了二十多次了，都沒有遇見喜歡的對象，並且他已經被不少女性鎖定。因為趙子強本身就是五官立體，加上眉毛茂密，使得走在路上都會有女孩轉頭多看她一眼，加上重生者身分更是讓他成為聯誼所的搖錢樹。

「快點選一位吧，還是你只是來玩的。」裴恩懷疑地說。

「才不是，是他們太無趣了。」趙子強說。

他們到了櫃檯。

「晚安，裴先生、趙先生。」工作人員說。

「像以前一樣。」裴恩說。

因為來了許久，工作人員也都認識的他們兩位。

「今天的聯誼室是三十六號」

「隊長你不來嗎？也單身一陣子了。」

「臭小子。」裴恩說。

裴恩拿起在口袋裡的香菸，往走道另一頭走去。

趙子強坐在三十六號室椅子上開始今晚的聯誼活動。

每次彷彿是面試一樣，總是這些對談內容。

你是誰？住哪裡？幾歲？興趣？薪水多少？星座？

他都在十五分鐘內結束一位女性，不然沒辦法疏解門外一排一排的女性。

覺得無聊的趙子強總會帶著一本書《文明》，書裡講述人類社會的各種現象，有時他會花很多時間去研究某一頁的內容，思考人類為什麼會這麼想，除了納悶之外，也覺得有趣。

「我叫許卿茹，牡羊座，三十二歲，工作是百貨公司的櫃姐，在服飾賣專店工作。」許卿茹說。

許卿茹有著卡其色的長髮，是時下流行又顯氣質的髮色，髮尾有些捲起，臉上淡淡的粉色妝……，看得出是追求者眾多的類型，尤其是她眼睛有著會使人一看再看的魔法。

「我的興趣是旅遊、做蛋糕，最近喜歡自己下廚。你呢？」

「我是趙子強。」

「你在看什麼？」許卿茹把身體前傾，黑色內衣明顯外露，邊說邊握住他的手把書蓋上。

「《文明》。」趙子強說完又翻開書。

許卿茹嘆一口氣「還以為重生者很容易到手的。」

「容易到手？」

「我姊妹說的，你們根本就是戀愛白紙，沒有過去，對於我們想要安定下來的成熟女性，是非常適合的選擇。」

這時趙子強才知道政府所說的「戀愛與組成家庭是穩定社會的力量」，原來只有重生者相信而已。

「啪吱、啪吱」的聲音，在黑夜裡的頂樓有著不斷發微亮的光點，裴恩走上頂樓，嘴裡叼著菸，原來他在使用打火機點火，但風很大所以點不太起來。

點著菸後裴恩抬起頭，看到有位女生正在攀爬欄杆，鞋子有一隻掉在地上，經驗豐富的裴恩，馬上聯想到她是要自殺的，這時裴恩馬上衝過去抱住了這位女生。

「幹嘛？放我下來……。」不斷掙脫。

裴恩把她帶到離欄杆較遠的地方後才放開她，一下來就吐了一地，還渾身酒味。趁她在吐時，裴恩打電話聯絡趙子強，不過一直聯絡不上。

「還要嗎？」裴恩拿出帶塑膠袋裡的罐裝啤酒。

「你真是個怪人，不問我怎麼了嗎？」她看到裴恩身上的重生者胸章。

她拿了啤酒開始喝，也慢慢吐露為什麼想要自殺。她的父母都成為了重生者，他們之前欠的錢，三不五時就會有人來討債，即使已經拋棄繼承，但是問題是，只要被歷任男友或是男友家人知道，總會快速地分手。

「用這個身分活著太辛苦，不如重新開始人生好了。」

「記憶死刑不是給你使用，是讓無法負荷責任的人，重新擔起社會責任。」

裴恩拿出手機查詢她的身分。

「我要把你列為高風險群，你的身分號碼？」

「G1015520328。」

「楊紫蔓？」

「對。」紫蔓點頭說。

「隊長，你都這樣玩嗎？」趙子強上來頂樓看到穿著凌亂的紫蔓、一旁的酒罐以及掉落的鞋子。

「少胡說！快來幫我扶她下去，她是高危險群。」裴恩說。

裴恩和趙子強去紫蔓的家裡，試圖了解高風險群的生活狀態，這是他們工作的一環，消防談判組有一句話「預防勝於談判」。

楊紫蔓住在一棟舊社區裡，他們上樓開門後看到客廳到處是紙箱，有些拆了、有些沒拆開。為了躲避討債人，所以時常搬家，雖然有報警，但是討債人總是可以躲過制裁或是找不到人，沉寂一陣子就會再出來找紫蔓。

「奇奇……」紫蔓在尋找她養的小貓。

「灰塵。」裴恩用手摸客廳的桌子表面。

滿地的貓毛差點讓趙子強跌倒。

「看來你需要好好管理自己了。」裴恩下一個簡單的結論。

在客廳一角有一個小神桌，兩個死者牌位，是紫蔓父母，趙子強對此很好奇，因為這個神桌是唯一沒有灰塵的地方。

「這是？」趙子強問。

「我爸媽的牌位，但他們的靈魂根本不在裡面。」紫蔓醉醺醺的坐在椅子上說。

「雖然書上有寫，不過是第一次看到。」趙子強說。

「這是道教的習俗。」

「那為什麼妳要放在這裡呢？」

「提醒我自己，他們真的死了，雖然可能在某個地方度過全新的人生。」

趙子強聽完後依然滿臉疑惑，不知道這麼做的意義是什麼，不過人類社會的許多行為與習慣都是這樣的，有著渾沌不清的意義。

「我知道這對重生者來說很難理解，因為這本來就是一個很奇怪的事，而且哪有父母這樣當的，把自己唯一的孩子拋下，去重新享受人生。」

雖然紫蔓說的很毒，但是乾淨的神桌和牌位就可以證明她其實是很想念父母的。

裴恩拿起雜亂桌上的一份舊報紙，一個斗大的標題『無辜小孩被長期失業的男子殺害』，在這個時代殺人案件是恢復死刑聯盟的最愛，他們會借用殘忍事件來宣傳死刑的必要性，來煽動人民的復死浪潮。

「不知不覺間記憶死刑已經變成弱勢翻身的道具，而本該受到懲罰的人卻沒有受到應有的懲罰。」紫蔓氣憤的說。

「妳是支持死刑的？」趙子強回。

「這樣的人渣不該殺嗎？」

「殺了他，那誰來負責賠償金？」。

「人命怎麼只能用錢換，他們需要的是正義。」

「我懂了，所以犯人只要殺人後，只要一顆子彈，就能解脫，不需要負起任何責任，只要趴著等死。」

「趙子強夠了。」裴恩說。

「抱歉。」趙子強不甘願地說。

「我們重生者是有立場的，規定不能做出任何反對重生者制度的行為及言論。」裴恩說。

電子報紙新聞的日期停留在半年前，在那時吵得沸沸揚揚，不過這件事件也隨著時間又被人們慢慢遺忘。

「今天差不多這樣了，這個月要抽空來救援談判組，期間我們會不定期來檢查妳的生活環境。」

就這樣這個事件算是小小的落幕。

夜晚裴恩拖著稍微疲憊的身體，走進一間小酒吧，裡面有微微酒味和串燒肉香，來這裡的人各式各樣，有來認識異性的，有來這喬事情的，有來走私的，因為位於都市旁的郊區，吸引很多想要低調的上層人士。

今天裴恩是專門來見一位已久不見的老友……馮億中，為了想解決心中一直沒有完成的事。

「你又來了。」馮億中說。

「隊長這個月過的如何？」

「是我老婆叫你來的嗎？」

「是前妻了，隊長。」

裴恩在剛成為重生者時，受到馮億中夫妻的幫助，不過他們離婚後，前妻依然關心馮億中，所以叫裴恩有空去探訪他，裴恩也非常樂意前往，甚至會帶著一種孝順的心情，給予馮億中健康食品。

記憶死刑出現後大約三十年，由重生者組成的家庭，會有將近百分之五十的機率離婚，根據社會學家的觀察，重生者在重生前所犯的錯，會讓他們不知道什麼樣的事可以做、什麼事不該做，這些社會歷練都遺忘了，所以在極度複雜的人際關係、戀愛和婚姻的交流就會產生問題。

「以後別來了，我能夠照顧我自己。」

「你會照顧自己還天天來這裡。」

馮億中吃下炭烤的串燒牛肉，順手取起金黃色的如金子般閃爍的啤酒，喝了一大口。

「這就是人生。」再嘆了一口氣。

馮億中在生活上無法與前妻相處而離婚，孩子也都跟著前妻走了，馮億中失去了生活重心，酒與美食變成了馮億中的慰藉，再加上還有不少成熟漂亮的女士會在酒吧出現，酒吧就很自然地成為馮億中時常出沒的地方。

「和家人相處也是一種人生。」裴恩說。

裴恩試圖說服他不要再這樣過糜爛的退休生活，雖然他是模範重生者，生活上的資金還可以過得去，但是一直這樣，錢也是會用完。

「你都不想去找安華嗎？」

安華是馮億中的兒子，裴恩想要藉著家人點醒他，不過沒什麼太大用處。

「你都不想要去尋找自己的原生家庭？我來幫你找。」裴恩說。

「怎麼了裴恩？你不是不做了嗎？」馮億中再吞了一大口啤酒後說：「我以前想……，但現在這樣反而輕鬆。」馮億中驚訝裴恩再度提到找原生家庭的事，自從裴恩的女兒被重生者性侵後，他就沒有再做這件事，這事件也影響到他的婚姻，讓他維持如同離婚的分居狀態，直到半年前才正式離婚。

裴恩看到酒吧進來了一位麻煩人物張大媽，她是恢復死刑聯盟的執行秘書，一進入酒吧就點了一杯莫斯科驢子，之後看到了裴恩，向他走去。

「裴恩，好久不見。」張大媽說。

「張大媽。」裴恩揮手示意。

「變成模範重生者現在生活還不錯吧。」

「差不多啦。」

每次裴恩都會很小心應對張大媽，因為她能夠從對話裡找到自己的內心缺陷，是個非常會察言觀色的厲害角色，剛才馮億中利用尿遁離開吧檯。

「大媽的消息總是這麼靈。」

「在網路上的動態看到的，我早就看好你會被選上了，有這麼高的救援率，還救了議長的兒子。」

「議長兒子不過失戀而已，好好談心當然沒事，況且有比我更優秀的重生者。」

張大媽此時剛好看見裴恩衣服的破洞。

「裴恩，該買件衣服了，成為模範重生者，薪水有變多吧。」

「還是一樣被抽很多稅阿。」

「那我們應該要感謝你的付出才對。」張大媽笑笑地回答。

「早習慣了，談不上什麼貢獻，有記憶以來就是這樣。」

「我也這麼認為，有比繳稅，比和錢來的更重要的事，更加有貢獻的事，我們應該還給社會真正的公道。」

裴恩心想，「糟糕！好像中招了，恢復死刑聯盟簡稱復死聯盟，他們非常需要重生者的站台，最好是模範重生者，要他們說出重生者受到很大的壓力，有著無數的心理創傷，更有重生者因為沒了記憶後想要尋死的念頭，這樣便有利於宣傳他們的恢復死刑的理念，當然聯盟的主要思想是要將正義還給社會，再加上這些原本會是死刑犯的重生者，也不想活著這麼痛苦，是一群認為記憶死刑比死刑更加可怕的人。

裴恩在猶豫要怎麼回答時，手機響起，上面顯示是馮億中，趁這個機會擺脫張大媽的攻擊。

「我沒有胸懷大志，但我會好好完成我要做的事。」裴恩說。

「你知道我們隨時打開大門歡迎。」

之後裴恩接起電話逃離現場。張大媽則是覺得可惜。不過今天來這裡也不過是要休息，就作罷了。

裴恩成為重生者後，沒幾年就認識了蜜雅，他們在聯誼所認識，林蜜雅比裴恩小四歲，當時蜜雅二十九歲，是空服員，長相甜美行為非常優雅，長時間在國外，沒辦法好好和一般人交往，所以在他們交往一年後便決定結婚，而且還是蜜雅提出的，這一切都很順利，認識、交往到結婚，甚至第一年就把小孩給生出來了。

裴恩的女兒裴琣在小學時寫的作文……未來的夢想職業，裴琣寫希望長大也能像爸爸一樣去救人，她從小就嚮往爸爸的工作，愛聽爸爸說他工作時的故事。

「爸爸今天又救了什麼人？」裴琣說。

裴恩就會說今天救了什麼人，或者之前救的人，後來寄信感謝。裴恩是她女兒的英雄，有段時間裴琣一直覺得重生者胸章非常的帥，不斷吵著想要一個別在自己身上。

「那是英雄的胸章。」裴琣羨慕的說。

「只有重生者才能帶上，出門時一定要戴上不能拿下。」裴恩說。

裴恩向女兒解釋，重生者在出門時必須要戴上重生者標籤，這項規定其實有著許多的原因，其中之一是重生者需要特別被關注，因為是殺過人的人，加上已經有醫學證實，犯罪與基因有相關性。

另外的原因是，他們是重生者，沒有之前的記憶，可能會犯下文化上的錯誤行為，或是社交上有莫名其妙的舉動。有了標籤，人們才知道應該要體諒他們的無心之過，並提醒他們。

但最重要的目的，是要給民眾看到重生者的好，像努力工作、做許多人們不願意做的事，或是捐血等各種善舉，給民眾良好的社會觀感，才會覺得他們活著是有價值，是可以貢獻社會的團體。

裴恩對自己的女兒講了這麼多之後，讓裴琣對重生者的印象更好了，認為重生者制度可以讓壞人變成好人。

「我也可以像爸爸一樣救人嗎？」

「你當然可以。」

長大後的裴培，並沒有因為時間的關係，而放棄小時候的夢想，選擇了護理學校，想成為護理師。

裴培從學校放學後在回家的路上，需走過一座公園，裴培在公園裡看見公園外的馬路上，有一輛腳踏車倒在一旁，一輛汽車在馬路中間，看似車禍的樣子，腳踏車騎士倒在地上，汽車駕駛一直對倒地的男騎士喊話，裴培在學校訓練有素，不假思索跑到他們面前進行急救，這時她心想，我學的東西終於可以用上了，殊不知在檢查倒地的男子時，男子突然間起身抱住裴培把她帶進車子內，他們倆是一夥的，專門挑四下無人的地方下手性侵。

裴恩和馮億中趕到警局，警察在向他們解釋經過，犯案的兩個人有一位是重生者，馮億中聽到怒火中燒。

「他沒有好好履行義務嗎？」馮億中拍桌大喊。

裴恩整個人更是傻住，不明白經歷過重新教育和多層把關的重生者，為什麼還是犯罪了。蜜雅在偵巡室與裴培一起正和警方談話，馮億中則是進入所長的辦公室談了許久，裴恩依稀聽到馮億中與所長針鋒相對的對話。

之後，馮億中告訴裴恩，上層的人希望平息這件事，因為最近重生者有不少負面新聞，加上復死聯盟的鼓舞，復死聲浪越來越高，如果再加上這件事，恐怕會衝擊到重生者的體制，但是也向裴恩說明依然可以堅持提告。

「裴恩，你可以不答應和解，不論你或是他是否是重生者。」馮億中說。

裴恩的社會責任驅使，認為大局為重，答應私下和解，整起事件變成一般的民事案件，雖然拿到許多的賠償金，再加上政府私下給的錢，多到可以讓裴恩六年不用工作，但重生者的規定是至少七十五歲才能退休，而且還是只有特殊貢獻的模範重生者才會有如此的待遇，一般重生者都是做到八十歲才能申請退休，有些直接做到不能工作為止。

「你不是應該要保護我們嗎？」蜜雅說。

事發後裴恩和老婆、小孩的距離越來越遠，裴恩不明白這件事會影響這麼大，他們慢慢走向分居生活，再慢慢走向離婚。

「重生者是對社會有益的存在。」是裴恩之前的想法，而現在會多一個字「重生者是對社會有益的存在嗎？」裴恩認為記憶死刑依然沒有洗刷我們的罪，我們依然是未爆彈。

裴恩看著過往與老婆小孩的照片想起了這一段極少回想的過往，並帶著質疑記憶死刑的態度活著。

第四章 我可以幫助你

今天一早出門上班，裴恩看到黑蝴蝶，心裡有種不祥的預感。

裴恩在消防隊救援組辦公室收到自己管理的高風險名單救援通知。一看名字，居然是楊紫蔓，裴恩心想，難怪他會有不祥的預感。

通常民眾只要看到有人在頂樓徘徊，就會報警，因為大家都知道，即便是想要藉由自殺未遂換取記憶死刑的人，也可能因為一時的情緒，選擇真的跳樓自盡。紫蔓就是這樣被人發現的，她在某一棟大樓的頂樓上，紫蔓的一腳已經跨在女兒牆的另一邊。之後來的幾位談判員都沒辦法讓她回心轉意，已經僵持許久。

這時裴恩已經站在頂樓的出口，談判員和消防員見到他，一一走下樓離開。裴恩等到所有人都離去，才慢慢往紫蔓走去。

「怎麼？又醉了？」

「沒用的，只要等待下面準備好，我就會跳下去。」

「我很懷疑，剛剛看了你的資料，才發現你已經被同仁列為高風險名單，這麼多談判員都拿你沒輒，每次都要跳，最後都沒跳成。」

「這次不一樣。」

「你到底想要什麼東西？」

「我要的東西你能給我嗎？」紫蔓望著下面說。

「如果我說，我知道誰能夠找回你父母呢？」

「你知道？我怎麼知道你是不是在騙我？」

「反正你也要等到下面準備完成，就和我聊一下吧。」

裴恩的策略很簡單，先讓對方答應一件小事，之後再慢慢增加事情的大小。對於紫蔓而言，她覺得有道理就繼續聽，應該說，即便不聽也要等到消防員下面完成充氣。

「好，是誰呢？」

「別這麼急，慢慢來，當你見到你父母時你要做什麼呢？」

紫蔓停頓了一下，這問題顯然讓紫蔓措手不及，開始猶豫，原因是她從沒有想過這個問題。

「不是要先講要怎麼樣才能找到他們嗎？」紫蔓急中生智，用問題回答問題。

「我得要先確定你的動機呀。如果是要去復仇的話，我怎麼可能讓你去呢？當你見到你爸，你第一件事是做什麼？」

「不知道，完全不知道我要做什麼，其實我連我爸是否還活著都不確定，他有肝硬化，醫生說，維持得好的話，可以活個十來年，但也已經過了十五年了，爸爸行兇犯案前幾天我還和他吵架，我還沒能好好的與他相處，他就離開我了。」講著講著，紫蔓泣不成聲。

「我們每個人都在試著習慣失去每一個人……」裴恩試著安撫她。

「如果真的還能見到我爸媽，我什麼代價都願意付，但我真的已經很累了。」

紫蔓看到下面的安全氣墊已經充氣完成

「好了，他到底是誰？」紫蔓不耐煩的問。

「他是我的學長，叫馮億中。」

「就這樣？」

「只要你願意走下來，我就可以告訴你更多資訊，當然你隨時可以走上去。」

紫蔓正思考是否要跳下去，一邊是重生後不用再擔心要替父母還債，一邊是留下來，可能有機會再見到父母。

裴恩詢問之下得知，黑道曾去紫蔓的租屋處潑油漆，把貓打死，還到她上班的飲料店潑油漆，也因此沒了工作，根本是要讓紫蔓走投無路。期間，黑道還一直告訴她，直接做妓女還債比較快。

講著講著突然的一陣風讓紫蔓跌倒，紫蔓跌坐在女兒牆上，但在手上的手環，已經往建築下面掉落，紫蔓往下面一看，手環已經不見，那還是媽媽留給紫蔓的手環。

她緩緩走了下來。「所以馮億中是？」

「嚴格說起來他已經退休，他曾幫我找到親生母親。」

「那他還在做嗎？」

「但我會幫你找到。」

裴恩搖搖頭。

「等等……。」

「除了我的學長馮億中之外，我也知道找的方法。」裴恩打斷紫蔓的對話說。

「為什麼不直接說你可以幫我就好。」

紫蔓認為是裴恩的伎倆，讓她慢慢卸下心防才走下來。

「你為什麼要幫我呢？」

「……為了讓我看起來像是一個好人，彌補我那沒有印象的殺人罪，當你找到你的根源時，你才會認為自己是和這個世界在一起的。」裴恩幽幽地說。

裴恩向紫蔓伸出手，她猶豫了一下，慢慢伸出手握住裴恩。

「等等下去時，在這裡發生的一切都不許說。」裴恩叮嚀紫蔓。

「你都是這樣騙人放棄的嗎？」

「我只騙在下面的那些人。」

凡是被談判員救援成功的犯人，都可以免於記憶死刑，談判員不只是談判，對他們而言，救回即將完蛋的人們的現有人生，就是他們的工作與社會責任，至少趙子強是這麼認為的。

裴恩帶紫蔓到消防隊談判組辦公室。

裴恩一走進來，消防同事紛紛與他擊掌，恭喜他又救援成功。

「隊長，恭喜成功。」趙子強說。

「謝啦，進度如何？」裴恩說。

「什麼時候才能教我談判技巧啊?重新教育花了六個月，來談判組也已經六個多月了。」

「不錯，那你算起來也有一歲大了。」裴恩嘲弄的說。

幾位消防同事聽到後大笑，趙子強只能無奈苦笑，心想到底要多久自己才能像個談判專員。

「子強，我把她交給你，輔導資料盡量寫詳細點。」說完，裴恩逕自去梳洗換衣服。

趙子強輔導她填寫文件上的表格，包括工作經驗、學歷等等，這是之後輔導紫蔓工作用的，還有一些輔導措施，避免這些有極端傾向的人繼續自殺或是犯罪。

「你為什麼不想自殺了？」趙子強要問了表格裡最重要的問題。

「因為裴恩把我對生命的曖昧態度，釐清的更加清楚了。」

趙子強非常困惑的臉，拉個長音說「曖昧？」

「那個……曖昧是什麼意思？」

這次換成紫蔓的無奈，這個人是太過天真還是怎麼樣，心裡無數個念頭，最後懷疑他到底是否能夠輔導自己。

裴恩回到辦公室，看到情況不對後說：「好好配合他吧。」

「好啦。」

處理完表格後，裴恩幫紫蔓安排工作的面試與聯誼所聯誼活動，這是政府的政策，靠著戀愛來讓人幸福，靠著婚姻來維持社會。

裴恩與趙子強再次來到紫蔓的租屋處，東倒西歪的紙箱與垃圾是討債份子的傑作，屋裡也瀰漫著屍體味道，是奇奇，紫蔓養的貓。但要不是這個黑道及討債份子的來襲，裴恩和趙子強也無法讓警方來調查這些無良的討債份子。

當紫蔓看到貓躺在廚房時，再次崩潰。已經沒有誰比這隻貓更像是她的家人陪伴著她，只能任由眼淚從兩旁落下。

警方的鑑定人員也在屋內搜尋有用的線索，觀察到貓的爪上有血痕，可能是有犯人的 DNA，幾位工作人員要準備採集，裴恩只好把倒在地上哭泣的紫蔓給扶起來。

警方調查完已經過幾個小時，在還沒抓到嫌犯之前，建議紫蔓不要繼續住在這裡，因為警方不可能一直在這裡守著。

「租約還沒到期，我也不知道可以去哪裡。」紫蔓說。

「隊長，你家不是有空房間嗎？」趙子強說。

「我家有空房，如果你要的話可以暫時給你住。」裴恩說。

「真的嗎？會不會太麻煩你了。」紫蔓不好意思的說。

「反正也是空著。」

就這樣紫蔓藉著這個機會來到了裴恩家，裴恩也覺得剛好，因為這樣幫她找回重生者家人，也能掩人耳目，不受到他人監視。

「子強，這裡就交給你了。」裴恩按照慣例把雜事又交給趙子強。

裴恩開車載著紫蔓和簡單的行李回到裴恩家。一路上，紫蔓不斷問裴恩要怎麼開始尋找自己的父母，裴恩向她解釋一些方向，但紫蔓問得很細，裴恩有點回答不出來，只好老實告訴她，自己已經有好多年沒幫人找回重生者了。

「什麼？你很多年沒做這件事了？原來你騙我？」紫蔓覺得自己被騙。

裴恩刻意地岔開話題。

「首先對於各個領域，重生者是個非常好用的資源，有各式各樣需要人手的地方想要重生者，你絕對想像不到，重生者是具有重要價值的生物。」

紫蔓困惑說。「重生者不是只做救人的職業、低階勞動工作，頂多是在婚姻和捐血方面有不錯的貢獻……不是嗎？」

「如果只是這樣，怎麼會有人收買重生者，藉由他們抓到高階重生者或是模範重生者的把柄，再來控制這些人？問題是很錯綜複雜的。」

「有這種事？這就是為什麼，你不願意讓趙子強知道你在找重生者這件事嗎？」

裴恩輕微點頭。

紫蔓接連問下去「你怕他早就被別人收買？要抓你把柄？」

「不只是他，我對所有人都是這樣的態度。」

「難怪你只願意一人談判……」紫蔓繼續追問：「但為什麼你好多年都沒有再幫助人找重生者呢？」

裴恩還是沒不回答。過了幾個彎道，幾個紅綠燈，車上螢幕顯示晚上九點多，車行駛在道路上，兩人都沒有任何對話。

「快到了。」

「你剛剛沒說完，重生者到底有什麼重要價值？」

「生技公司找我們做實驗、核能電廠會找我們清理核廢料，還有很多不道德的事。重生者本來就是垃圾，政府只是在資源回收。我只是模範重生者，這些事也只有被選成模範重生者和政府幾位人士知道而已……那些噁心的畫面會讓你去想，重生者到底為誰而存在？」

紫蔓有些微憤怒的說：「政府可以這樣做嗎？」

「當然，反正不要讓人知道就可以，不過這一類型的工作，我們都會先選最兇殘的殺人犯下手。」

但是紫蔓對於裴恩說的這一切，並不感到吃驚，因為民間的陰謀論也是討論不斷。

進了家門，裴恩去廚房倒水。紫蔓把行李放下，環顧屋裡四周，她注意到牆上的幾幅圖畫，繪畫的風格很像小朋友的塗鴉，人物都是乾乾扁扁的火柴人，完全沒有立體感。

「這個男人很像你呢。」

畫裡是一對父母牽著一個小女孩的樣子，圖畫中有著裴恩的明顯特色……旁分的中長髮、抽著菸。

「是妳女兒畫的吧，他們去哪裡了？」

「離婚了。」裴恩淡淡的說。

「阿！抱歉。」

「沒關係，喝杯水吧。」裴恩遞過水杯。

「裴恩，謝謝你。」紫蔓滿懷感謝的說。

「洗手間就在那，梳洗完早點休息吧。」裴恩說完後進自己房間。

裴恩關起門後，紫蔓繼續看著那幅畫。想著畫這個圖的小孩會是怎麼樣個性的人。

隔天一早，紫蔓就到租屋處整理房子，雖然昨天已經把奇奇送往動物墳場處理，但是房間還是很亂還有些臭味。

她到了門口，發現門居然沒鎖，還聽到東西掉落的聲音，覺得很奇怪，不論怎麼想，都會想到在房間牆壁上用噴漆寫下字的黑道。

她懷疑就是那些討債份子在裡面，紫蔓慢慢地打開門，不讓門發出聲音，進入客廳後把在一旁紙箱上的美工刀拿起。

「摳、摳。」東西掉落的聲音或是敲打到東西的聲音從房間裡面出來。

紫蔓想到奇奇被打死的樣子，生氣到只想復仇，就往聲音的地方走去，聲音從房間的傳出來，房間門半關，紫蔓靠在牆上，想看裡面到底有幾個人。她慢慢順著牆挪著走進去，視線已經能往裡面看過去，但被衣櫥擋住，這時紫蔓在門邊靠著牆，想要等對方出來再攻擊，但奇怪的是有股刺鼻味，讓紫蔓好奇，等不及就轉身進門。

紫蔓看到的是，趙子強正在幫忙塗油漆，紫蔓嘆了一口氣。

「你在幹嘛？你害我心跳加速耶。」紫蔓說，剛剛她確實心跳極快。

「你來啦，我快塗完了，真累！」

「又沒要你做，我是不會給你錢的。」

「沒關係，我只是覺得我應該做。」

兩人聊一聊才知道，趙子強已經塗了整晚，突然間趙子強的肚子發出『咕嚕咕嚕』的聲音，兩人尷尬地大笑。

「我幫你買早餐吧。」紫蔓憨笑地說。

第五章　反對記憶死刑的聲音

夜晚裡，酒吧吧檯上，金黃色的啤酒照映到裴恩的臉。

「隊長，我要開始找重生者了。」

「怎麼會！想開了還是想不開？」馮億中說。

「當年我救援失敗那對夫妻遺留的小孩，我找到了。」

「那對夫妻？」

裴恩輕微地點頭，眼神看者前方只剩半杯的啤酒。

馮億中知道當時裴恩失手的經過，之後又因為女兒被重生者性侵的關係，不再像以前一樣，如此信任重生者，也放棄了幫助尋找重生者或是原生家人。

不過在馮億中看來，如果完成裴恩的這個心願，或許他可以從沉重的社會責任中解脫，之後可以像自己一樣好好享受人生，但他同時又矛盾地不想淌這渾水。

「最近復死聯盟越來越激進，政府的管制也越來越嚴苛，坦白說，我所知道的管道已經不多。」馮億中說。

「隊長，拜託了。」裴恩請求著：「就看在您是我老長官的份上，拜託你了。」

經不起裴恩再三懇求，馮億中還是答應了裴恩的請求。

「其實過這麼久，隔著距離去看，這個制度還不錯。」馮億中喃喃自語著。

「你醉了？」裴恩非常清楚自己在年輕時，馮億中對重生者制度有很多質疑，如同現在的自己。

「今天我付吧。」裴恩拿錢給酒保。

「或許我真的喝多了。」馮億中再次給裴恩一個燦爛的微笑。

裴恩走出酒二樓的酒吧，拿出一根菸，邊走下樓邊點菸，黃昏的光線打在房子上，抽著抽著突然有人過來打招呼。

「裴恩啊，稀客。」

裴恩轉頭，看見一位穿著猶如英國紳士的男子。

「好久不見，倪老大。」

倪老大是黑道裡聲望極高的人，也非常講道義，外型像是上班族的老闆，但是更有型，常常穿著休閒西裝，而不是像電影教父中的那種黑色西裝。在裴恩還沒成為模範重生者前，就已經是倪老大想要拉攏的對象了。

「話說是你當上模範重生者是吧，有多久了？」

「有一年了。」裴恩簡短地回答，心裡盤算著趕快閃人。

「你是在躲我們吧？」

這時兩人只是不斷地再吸菸、吐菸。

「不用我說……我們都知道吧。」裴恩說。

「也是，不過你的使命感還很強，我不會說服你的，想要加入時再說吧。」

這時倪老大的車來了。

「老大，車來了。」小弟說。

「有個重點，裴恩，不要把我們和復死聯盟想在一塊，畢竟我們處在各有各自正義的時代，你自己多想想吧，我還有事先走啦！」

倪老大說完，不等裴恩回答，逕自上了轎車揚長而去。

裴恩非常清楚黑道想要藉著模範重生者在重生部的影響力，幫助黑道找回重生者之類的事情。復死聯盟與黑道的不同在於，復死聯盟認為『記憶死刑』是種比死刑還可怕的刑罰，因此想恢復死刑，並藉由合法的管道幫助人們找回重生者，或者讓重生者找到他們原本的家人。但黑道卻是使用非法的方式，透過暗殺或進行非法實驗來消滅重生者，找上他們的人，很多是被害者家屬，都是認為記憶死刑判的比死刑還輕的人。

紫蔓在趙子強的安排下已經參加許多工作的面試，在面試完回家的路上，經過了一間咖啡廳，玻璃上貼著母親節廣告「蛋糕優惠半價」，這時她發現到，街道上四處都有媽媽在牽著小孩走動，這是平常沒注意的。

趙子強正在蛋糕店裡，轉頭看到紫蔓正好站在櫥窗外，望著遠方的一對母女。

「紫蔓。」趙子強迅速拿起蛋糕和康乃馨跑到門外。

紫蔓看到趙子強拿著一朵康乃馨，還有一個蛋糕。

「是你。你叫……」紫蔓忘記趙子強的名字。

「趙……」趙子強發現她忘記自己的名字，提醒她。

「趙子強。」紫蔓聽到第一個字就搶先說出來。

「母親節快樂。」趙子強說。趙子強把手上的康乃馨送給紫蔓。

「謝謝。」

「今天面試還順利嗎？」

「不太清楚呢，這是母親節蛋糕？」

「是啊。」

「你和誰過？」紫蔓非常好奇的問。

「自己。」

「但是母親節是和母親過耶。」

「是嗎？」

趙子強這才知道，原來母親節是要和自己的母親一起過的，這對於成為重生者才一年多的趙子強來說有點難以理解。

「我一直以為是慶祝所有母親呢。」

「你這麼說也是沒錯啦。」

「我是不太懂要做什麼，只是大家都買花和蛋糕，我也跟著做，你要怎麼過呢？」

「沒有計畫，就和平常一樣。反正她不在身邊。」

「抱歉，我突然忘記你母親……」

「沒關係，已經習慣了。」

「那要不要我們一起過呢？」

紫蔓想想自己也是沒事，就答應了。

慌忙的一天過去，紫蔓帶著趙子強回到家，當然是裴恩的家。

趙子強做了干貝義大利麵。一整盤滿滿的干貝和麵條，讓很久沒有好好吃一頓飯的紫蔓垂涎欲滴。

「好香，好好吃。」紫蔓一邊大口吃著麵，一邊不住的讚賞。很快地，滿滿一盤麵吃得精光，盤子舔得一乾二淨，就像洗過似的。

「你很會做菜呢。」紫蔓意猶未盡地稱讚著。

「我每週都會去安養院幫忙他們的伙食，當志工啦。」

「我也每週下廚啊，可是都做得很難吃，或許你以前是廚師。」紫蔓開玩笑的說。

「可能喔，當我握著鏟子煮東西時，會有一股感覺，認為這樣的調味量和這樣的烹飪時間就夠了，那就是一種說不出來的感覺。」

「真的假的！」

「騙你的。」趙子強騙到了紫蔓感到很得意。

「你以前是怎麼過母親節？」趙子強很好奇一般人是怎麼過的。

「很平常。」

「我想聽。」

紫蔓看到趙子強眼睛發亮，很想知道的樣子。

「其實我們家經濟不好，不能像同學一樣可以去吃什麼大餐，但有準備花和蛋糕，有一次我花了一整天試著做一個小蛋糕，但是我們家的烤箱很爛，做出來的樣子真的不太好，而且還被媽媽嫌不好吃。」

紫蔓不斷講著童年的事，講完後紫蔓開始覺得尷尬，因為只有她一人在講自己的事。

「很平常吧。」

「還有嗎？之後呢？」

「之後我媽變成重生者後我就和祖母住了，之後也在那裡過母親節。」

「那這次怎麼不去呢。」

「她六年前去世了。」

「抱歉。那妳應該也很久沒過母親節了吧？」

「對啊。」她很輕鬆的說。

「很高興第一次的母親節可以和你過。」趙子強感到開心。

紫蔓開始慢慢敞開內心，她想，這就是重生者討喜的原因吧？沒被社會化的汙染，只需要考慮到社會責任和工作而已。

翌日，裴恩承諾紫蔓的尋親行動即將展開。裴恩告訴紫蔓，第一步要去恢復死刑聯盟，簡稱復死聯盟，這個組織能夠幫助有需求的家屬合法地找回重生者。但找到復死聯盟的辦公室可不容易，因為常受到很多支持記憶死刑的人士抗議和打壓，辦公地點時常更換。

「今天我和你去的地方，不能和任何人說，如果被發現我在幫助你，你要閉口不談。記住了嗎？」

裴恩嚴肅地再次提醒。

「嗯，記住了。」

出發的這天早晨，他們先搭捷運，到距離最近的捷運站出站，走在車水馬龍的大馬路上，又走過市區的繁華地段，深入市區的邊緣，路人越來越稀少，所走的街道也越來越窄小，直到走到名片上的老舊小社區大廈。

他們到了社區門口，大鐵門非常地破舊，一推就開，伴隨著刺耳的金屬摩擦聲，走過了沒人整理的中庭，到了大樓門口。

「真的是這裡嗎？」紫蔓環顧著周圍環境，懷疑地問。

「我每次也都會懷疑。」裴恩回答。

裴恩按下對講機按鈕。

「你好。」對講機回應。

「恢復死刑聯盟嗎？」裴恩說。

「請問你是？」

「我是裴恩。」

「裴恩阿，好久不見。」

「是張大媽？」

「是啊，上來吧。」

『咖』的一聲，大門的鎖開了。

復死聯盟的辦公室是在社區裡某棟大樓、某一層樓、某一間住宅，辦公室非常小，卻是這國家在推動恢復死刑的最終堡壘。

張大媽非常歡迎裴恩的到來。裴恩他們一坐下，復死聯盟的員工端上茶水給裴恩和紫蔓享用，並把攝影機關閉，因為裴恩來的紀錄不能被留下，避免犯下違反重生者守則。

「所以不是要見我們，是要見重生者父母啊？」張大媽說。

「真的能嗎？」紫蔓說。

「依照《國際死刑與人權公約》，是的。」

《國際死刑與人權公約》是在非洲聯盟與中東發起的人權運動，為了讓正義落實，還給被害者家屬公道。非洲要發揚他們的聯盟精神，許多國家為了要與非洲做生意而被迫簽屬此公約，但簽署國家都是小國家居多。

「如果可以，那為什麼這麼少人知道？」紫蔓說。

「就像這裡為何地處偏遠的原因是一樣的。」裴恩說。

「我們遭到打壓，如果要恢復死刑，重生者就不會存在了。但是太多人得到了重生者制度的好處，而且當時各國簽署國際公約也是基於經濟因素。」

張大媽戴起眼鏡，在雜亂的桌上拿起一份文件，是國際公約的簽署內容。

「根據公約內容，直系血親有權處理犯人的後事，及與犯人討論後事的權力，並可以取得直系血親的遺體。」

「後事的權力？」紫蔓問。

「因為在非洲的習俗關係，他們一定要知道人是如何死的，還有一套他們想要的喪禮形式，因此而訂的標準。」

張大媽看到紫蔓還是一臉困惑，繼續補充說。

「換句話說，我們能藉由與你的家人討論後事的方式讓你能夠與家人見面。」

「原來如此。」紫蔓瞬間恍然大悟的說。

「真的會這麼簡單嗎？」紫蔓繼續說。

「我們還有其他方式可以找回你的家人的。」張大媽握著紫蔓的手。

這句話讓紫蔓稍微放心了一點，但重點還是張大媽的說話語調和方式容易讓人放心。

「這需要錢嗎？」紫蔓擔心地問。因為長久失業，她身上已經沒有錢了。

這句話戳中張大媽的笑點，讓這位有著高明社會手腕也有智慧的中年女人，發自內心的大笑。

「不用，但你可以捐錢給我們，多少都可以。」

「我很好奇為什麼你這麼堅持?支持死刑可是少數。」

「你知道復死聯盟的主張嗎？」

紫蔓發出猶豫的語氣後說：「恢復死刑，向加害人報復？」

「講的真保守！」張大媽略帶譏諷的語氣：「現在社會的氛圍認為我們只想要復仇，不管已經造成的傷害是否可以取得補償，但這是嚴重的誤解，恢復死刑聯盟最大的目的，是要改善司法制度，使誤判消失，落實正義，我們有許多案例是……」

「好了，張大媽，我們下次再聽你說吧。」裴恩打斷張大媽：「光是來到這裡就花了我們很多時間，我還要上班呢。」

「好、好。」張大媽記錄了紫蔓的一些基本資料，確認下次見面的時間，他們要準備去法務部申請，整個流程快的話，要大概一個月就能完成。

「不知道能不能先看到爸爸呢？因為再過兩個月就是父親節了。」

張大媽有些許感動，這個小女孩居然這麼體貼。

要離去時紫蔓說：「我也認為這個世界需要真正的正義。」

「歡迎隨時來，加入我們的行列。」

張大媽和同仁說：「今天裴恩沒有來過喔。」

「了解，沒有人來。」幾個同仁隨後附和。

幾天後，張大媽帶著紫蔓走在前往法務部的路上。這次沒有裴恩沒有來，因為要避免與張大媽在外頭接觸，否則會使人起疑。今天天氣非常炎熱，時不時會看到柏油路上扭曲的視覺錯視。

剛好這天在法務部前有集會遊行，老遠就可以看到大大的旗子寫著「失業男子姦殺女童」、「求處真正死刑」等標語。一群人身穿復死聯盟的衣服對坐在法務部門口，最前面的一排是一群檢察官，他們穿著開庭用的服裝，戴著口罩。

在復死聯盟的後面有著另一群的人，舉著「反對恢復死刑聯盟」的白布條。

兩方的人不斷叫囂，絲毫感覺不到攝氏30多度的高溫轟炸，反而像是他們使周圍更顯燥熱。主事者拿出喇叭比氣勢，附近有不少路人圍觀，周圍還有警察在巡邏，避免發生激烈暴動。

紫蔓還沒走到門口，就聽到他們彼此間的對話。

「反對恢復死刑！你們復死的人到底知不知道重生者是在負起沒有負起的責任，他們被處極刑，但是多數是低下階層、是被遺忘的，記憶死刑能讓犯人過去種種不幸停止，重生後負起被害家屬的賠償，並開始擁有一個全新的人生。」反對恢復死刑的領袖說。

支持恢復死刑的檢察官說，「我們是檢察官，我們在一線工作看過許多案例，我們了解你們的內心。」

「你們完全不了解。」反對恢復死刑的領袖說。

「但是……」檢察官說。

檢察官的話馬上被打斷。

「你們完全不了解，你們只是想要復仇。」反對恢復死刑的領袖說。

「反對恢復死刑！反對恢復死刑！」反對聯盟者們說。

「但是這些重生者們可是人人都是殺人犯啊！怎麼可以讓他們過這種生活？」檢察官拿出板子，上面都是重生者出去玩樂的照片，包含在夜店、酒吧狂歡。

「你們知道被害者家屬並沒有因為拿到補償而快樂嗎？」檢察官說。

「早在還是死刑的時候，他們也沒有因為有死刑而感到快樂，這件事不論是否有沒有死刑都一樣。」反對復死的人說。

一位路人經過，受不了復死聯盟的話。「你說什麼殺人犯？他是重生者，是我爸爸！他每月還付出三分之二的薪水當補償金，他是把我養大的爸爸。」

路人齊聲讚賞，讓檢察官說不下去。

張大媽和紫蔓從一旁走過復死聯盟的位子。

「張大媽你來啦。」聯盟的人說。

「對啊，我有事要辦，你們加油。」張大媽往裡面走去。

檢察官說：「其實我們是有共通點的，像是司法改革。我知道我們在部分上有些歧見，但是只要知道受害者的心情，就能明白他們是多麼不願意在路上看到重生者。」

路人朝向復死聯盟丟雞蛋，復死聯盟的年輕人就衝上去打人，就這一丟讓雙方人馬打了起來，還把張大媽與紫蔓捲入其中。

「我的天哪！現在是怎樣？」張大媽。

「不要打了！不要打了！」紫蔓擠在中間想要脫困。

「逼——」一個長音，一旁的警察們見狀不對，衝上前來阻止雙方的衝突。

這時，裴恩正在一家咖啡廳裡喝著咖啡，馮億中走了進來。

「我所知道的，只剩這一家在做了。」馮億中邊說邊把一張名片給裴恩。

「只剩一家？」

「最近一連串的事故，復死聲浪越來越大，政府也越盯越緊。」

「對了，不要把自己的遺憾無止境的擴張了。」

馮億中認為裴恩的動力是當時是第一次在頂樓的救援失敗，讓他想幫助重生者找回家人，或是幫助家人找回重生者。

張大媽與紫蔓在法務部裡不斷穿梭各個走廊和部門之間，紫蔓一直被不同的官員重複著問著相同的問題：「這對夫妻是你什麼人？」、「你怎麼知道他們是重生者？」、「你目前有固定工作嗎？」、「他們如果去世，你如何支付喪葬費？」……等等。若不是渴望見到親生父母，紫蔓早就發火掉頭走人了，好不容易來到最後一關——取得『親友會面申請書』，來到取件大廳，張大媽去抽號碼牌，紫蔓則是疲累地跌坐在等候區椅子上。

張大媽拿出包包裡的小瓶裝水給紫蔓，紫蔓卻搖搖頭，看似有些煩擾，一句話也不說。

「你在想些什麼呢？」

「外面那些人，讓我有點不舒服。」紫蔓噘了噘嘴，表示針對法務部外面對抗的人。

張大媽了解，上午那陣激烈的衝突，想必讓紫蔓有些疑問。張大媽走到紫蔓旁邊的空位子坐下，決定告訴紫蔓復死的精神。

「二十年前，我的姪子被處記憶死刑，我和我哥為他奔走了十五年才終於翻案，證明他是無辜的，原本我們歡天喜地的以為一家人終於可以團聚了，誰知道他竟然已經自殺了，因為不是每個人都能承受如此艱辛的重生者生活。」

「怎麼會這樣？」紫蔓感到不解和惶恐。

張大媽繼續說下去，紫蔓才明白為什麼張大媽和復死聯盟想要恢復死刑，他們的主張不只是要恢復死刑，而且是要推動整體司法和社會制度的改革。因為現在的政府只把所有問題都推給記憶死刑來處理，反而停止改善司法制度、預防犯罪、失業率等問題，反正即使遭到誤判，也只是『記憶死了』，人反正也沒死，經濟與社會福利的不完善，也可以靠著重生者出賣廉價勞力獲得解決，但那是治標不治本的方法，紫蔓也反問了張大媽該如何解決這些『本』的問題，張大媽也說了一套詳細的方針與方向，紫蔓從張大媽熱情閃耀的眼神中，體會到她的理想與熱誠。

「張大媽，我也贊成恢復死刑！」紫蔓受到張大媽的感染，情緒也隨之高亢。

「年輕人，感謝你的認同，不過還不要太早下決定了。」

『叮咚，一〇〇四號請到十六號櫃檯』。

「輪到我們了。」張大媽和紫蔓同時站起身向櫃台走去，但突然『蹦』地一聲，紫蔓竟然昏倒在地！

紫蔓張開眼睛，發現自己躺在醫院病床上，手臂插著點滴。

「醒啦。」

張大媽坐在旁邊。

「張大媽，真是抱歉。」雖然紫蔓還沒好，但還是努力的坐了起來。

「沒關係，你血糖低，又有點中暑。」

「現在幾點了？」

「七點三十六分。」

「三個小時了！」紫蔓想起那件最重要的事：「那申請書拿到了嗎？」

「拿到了，只要再等一個月就會知道申請有沒有通過。」張大媽說：「對了，今下午有一位重生者來過，說有好消息要給你，剛剛才走。」

紫蔓起初以為是裴恩，但同時又覺得奇怪，因為張大媽認識裴恩，那會是誰呢？有什麼好消息呢？

不久醫生進來病房說明病情，確定紫蔓沒事，張大媽也就放心地回家了。病房裡其他病床的人，都有家人或是朋友相伴，雖然紫蔓很想要張大媽留下來，但是畢竟他們並沒有什麼關係，也就不好意思開口了，不過想到尋找父母的事終於有些進展，紫蔓感到欣慰，安心地沈睡過去。

隔天醒來，紫蔓卻意外地發現，趙子強居然趴在她的病床睡著了。紫蔓看著他，正想摸他的時候，他就醒過來了。

「早安。」紫蔓說。

「早安。」趙子強說：「對不起，我竟然睡著了。」

「餓了嗎？」還有些睡眼惺忪的趙子強，四下翻找著自己帶來的麵包。

「你怎麼來了？」紫蔓問。

「我有三個好消息要告訴你。」趙子強說：「第一個好消息是，你可以出院了。」

趙子強從醫院開車載著紫蔓回到裴恩家。在路上，他告訴紫蔓，警方找到那幾個討債分子了，一舉破獲了討債集團，之後不會再有人來找紫蔓的麻煩了，對紫蔓來說，真是一個可以放心的事，不過她同時覺得有些不捨，因為已經開始習慣與裴恩的生活。

到家後，進到紫蔓房間，地板上還有幾個沒整理的箱子，趙子強看到紫蔓父母的牌位就在其中一個開著的箱子裡。

「你想要回去找你父母嗎？」趙子強說。

「怎麼可能？」紫蔓想起裴恩說的，他有可能會是想要抓裴恩把柄的那種人，機靈地保持一種警戒。

趙子強從箱子裡看到一個有趣的東西，一本相簿。

「我可以看嗎？」

「好啊。」

趙子強翻到了一張有趣的照片，是生日照片，有紫蔓的一家人，紫蔓手裡拿著一個禮物盒。

趙子強臉上有種羨慕的表情。「我也想要一個家。」

紫蔓聽到笑了出來，一個大男人居然說出這麼天真的話，但趙子強眼神非常的認真，反而更讓紫蔓覺得好笑。

「這裡面是什麼？」趙子強指著那個禮物盒說。

「那是我的手環，媽媽給的禮物。」

「你沒在戴了嗎？」

「我在頂樓鬧脾氣時從十樓掉下去了。」

「長什麼樣子呢？」

紫蔓拿出手機裡的自拍照，指出手上戴著的手環給趙子強看。

「對了，你不是說還有一件好消息嗎？」

「幫你申請的工作，已經申請成功了。」

「真的嗎？」說完後，相當開心的紫蔓抱住了趙子強。只不過不到一秒，她馬上意識到她動作太大，有些不好意思，就鬆開了雙手。趙子強也清楚感受到紫蔓的開心，尤其是在經濟不好的時候，終於出現的好消息，因為她已經很久沒有接到正職的工作了。

這陣子，裴恩關心地追問紫蔓『親友會面申請』的申請進度，她總是說沒有新的進度和消息，但她一直都有收到重生部的公文通知，成功通過一關又一關的手續。這天，她收到張大媽的通知，要去一趟復死聯盟。

出發之前，她從一個首飾盒裡取出一瓶白色粉末的小瓶子，與口紅一般大小，放進包包裡，妥善地藏在夾層裡。

她進入復死聯盟辦公室，張大媽已經等候許久，迫不及待要把政府的最後通知交給紫蔓，當然他們都還沒有人拆封過。

不久紫蔓看到裴恩也趕到復死聯盟辦公室。

「裴恩，你怎麼也來了？」紫蔓說。

「今天早上張大媽通知我來，今天可是最後通知，你怎麼都沒有和我說呢？」

「想說你最近很忙，我覺得我一個人應該可以處理，就自己來了。」

張大媽說：「好啦，期待很久了吧，這是爸爸的部分，媽媽的還有缺件，進度較慢，還沒有通知。這就由你自己打開吧，但你還是要有心理準備喔。」張大媽提醒紫蔓可能有失敗的情形。

紫蔓慢慢地拆開牛皮紙袋，信件上卻表示申請駁回。駁回的理由是：「該重生者健康情形良好，目前無任何生命危機，毋需要與原生家人討論後事。」公文申請過程一切都很順利的進行，直到這一刻失敗，不論如何紫蔓都不能接受。

張大媽沒有看到公文的內容，她一直背對著紫蔓手裡拿的公文。

「有時候挫折是要讓我們努力往前。」

極度失望的紫蔓將氣發在張大媽頭上。

「你早就知道這個結果了，對不對？」紫蔓氣憤地質問張大媽。

張大媽現在最主要的目的就是要讓紫蔓加入復死聯盟，就在這時她展現了她的企圖心。

「別擔心，我說過有備案了，按照公約，我們可以拿回遺體⋯⋯」

「遺體？那不就是死了嗎？」紫蔓更加惱火，打斷了張大媽的話。

「是的，現在的法律途徑有限，但我們會繼續幫助你，我們現在與立法委員就這部分進行修法。」

「這還要多久？你告訴我，還要多久？」

張大媽只能用客套的說詞解釋。

「我們走吧。謝了，張大媽。」裴恩試圖將紫蔓帶離現場。

「紫蔓，切記不要放棄體制，我們一起改變，這裡會變得更好，一起阻止，悲劇就不會再出現，或許就能夠提前讓你見到家人。」

「這還要多久？你回答我呀！」

張大媽回答不出來，已經不能像剛剛一樣隨便說說度過。

「你還能見到你姪子真是幸運，其實你也是記憶死刑的受益者不是？你們的言論充滿謬誤。」紫蔓把信件一丟，什麼都不顧就衝了出去。

「紫蔓！」裴恩說。

轉眼間紫蔓已經走得很遠，裴恩就一直跟在她後頭。

「不要跟著我。」

「你先停下來，我們好好說。」

「有什麼好說的，不是見不到了嗎？你們根本都是騙子。騙子！」紫蔓相當氣憤，所有人都像是在利用她一樣，不在乎她的感受，現在連她唯一的生存目標都受到挑戰。

「聽我說……」

「有什麼好說的，你到底想要什麼？為什麼我們會失敗？」

「我們還沒跑完我們的流程。」

紫蔓突然產生了疑惑，終於停下腳步。

「流程？什麼流程？」

「我們來復死聯盟的目的，只是要知道公文裡面的資訊。你看！」

裴恩把剛剛紫蔓丟在地上的公文帶了過來，他打開公文，公文最下面有著一個官印，上面有『龍安區公所』字樣，另外還有重生者的編碼，那等於就是重生者的身分證號。

「我們已經知道這位重生者的所在地，還有他的編碼，之後就是非法的部分了，我們要去徵信社，幫你找回爸爸。」

「你怎麼不早說？」

「不是不說，是我不確定是否應該和你說，如果被張大媽發現，她通報政府後，我是會被判刑的。」

「因為他們想要你加入復死聯盟，就可以用這個威脅你了。」

「沒錯，很抱歉，現在才說。」

紫蔓雖然一時之間不能完全諒解，但是她試著站在裴恩的角度思考的話，一切都很合理。

「那你還願意為我冒這個風險？」

裴恩走到花圃旁的台階坐下。「幾年前，我的女兒被重生者性侵，因為政府內部的壓力，希望我能做對重生者制度最有利的選擇，所以我選擇了私下和解，這也導致了我的離婚，從那時開始我就在思考，是否我一直相信的社會責任只是一個騙人的口號。」

裴恩嘆了口氣，繼續說：「社會責任到底是什麼，是為了犯人著想？為被害者家屬著想？為罪犯家屬著想？還是為一般大眾著想呢？這個問題，我找不到答案，但每次幫助重生者與家屬兩方牽線，讓他們重聚，我就能感覺到我好像也是一位好人，我不是殺人犯。」

「我想重生者制度好像是為了所有人著想的制度，你不覺得嗎？」紫蔓說。

突然間裴恩眼睛睜大，專注地看著紫蔓，而本來要抽出菸盒的手，又放了回去。

「回家吧。」裴恩說回家吧。

「也晚了。」紫蔓說。

他們往回走到裴恩停車的位子，是一輛用了十五年的二手日本車，沒有智慧導航。除了省錢之外，裴恩特別喜歡沒有導航的感覺，一種自己駕馭，不受限制、自由航行的感受。

人來來往往，一個和樂的社會，人類的生存競爭從武力戰爭進化到商業戰爭，便利商店到處林立，城市已是一個商品的叢林。

在路上走的人們，不特別注意的話，還不清楚旁邊的人是否曾經殺過人，除非你盯著胸前，看看是否有著重生者的金黃色標籤……

裴恩從『全球連鎖』便利商店出來，買了一些御飯糰和零食，趙子強用著吸管喝著奶茶，他們走到大道上面，剛好遇上一條長長的遊行隊伍。

擴音器裡發出嘶啞呼喊聲：「恢復死刑，維護正義！讓該負起責任的人，負起責任。恢復死刑，維護正義！讓該負起責任的人，負起責任。」

隊伍中不少人在發傳單給路人，提醒路人這些曾經殺人的重生者們，就在我們生活的周圍，而我們絕不知道什麼時候，他們會再度發作。

趙子強拿到了一份傳單，上面呈現赤裸裸的血腥照片，加上斗大的字『單身男子姦殺三名女子，殘忍的截半殺手。』最為驚人的是那可怕的截半圖片，即便在圖片是黑白的，都還是讓人覺得噁心。

「一個姦殺無數無辜女子的兇手，居然可以重新過好生活，那些無辜的受害者，可以重生嗎？」遊行領隊使用著麥克風說。

「不行！」一群遊行的人說。

一大批警察舉著盾牌在大馬路上，從復死聯盟隊伍後面一個個出現，圍成了一整面的人牆，絲毫沒有任何空隙，像是把水管堵住一樣，慢慢前行。

「前方隊伍，你們已經違反《禁止散佈暴力影像法》，請停止散佈傳單。」帶隊警察透過擴音器警告著。

復死聯盟的隊伍依舊散佈傳單，絲毫不理會警方的威脅。

「不用害怕警方的威脅，我們在讓人們理解真相。」

一個將近兩百人的隊伍，在經過指示後，快速有效率的發送傳單。

「給你們最後十秒時間，十、九、八…三、二、一。」

警方拿出警棍從隊伍後方向前衝，企圖抓把每位復死聯盟的遊行人士抓起來審問，當有反抗時就會拿起警棍斥喝。

倒數完的那刻，每位手上有著傳單的遊行人士，便把傳單撒向天空，一張張的傳單瞬間在空中漫舞，復死聯盟的遊行者四處亂竄，像極了某個嘉年華。警察快速的拿起象徵權力的警棍狠狠地砸下去，一部分的員警則是收回那些觸犯《禁止散佈暴力影像法》的宣傳單。

趙子強撿起了一張飄到他腳邊的傳單。

員警追著傳單跑到趙子強面前來：「我要收回傳單。」

「好。」裴恩說。

但趙子強的眼睛死命地盯著傳單，右手死捏著它，手壓痕跡之深，紙都皺了。裴恩看著趙子強的反應，覺得有些奇怪。

「趙子強。」裴恩喊了一次。

「趙子強。」裴恩喊了二次。趙子強稍微回神一下。

裴恩的手早就已經捏著傳單的另一頭，趙子強回神後才鬆開了手。裴恩才把傳單交給員警。

「謝謝配合。」員警一說完後，轉身撿地上的傳單。

他們走出離剛剛的衝突地點，趙子強眉毛微皺，眼神放鬆。

「重生者都曾犯下過如此可怕的罪刑嗎？」趙子強說。

裴恩停下腳步，看著正在困惑的趙子強。

「我的手也留著被害人的血液吧。」趙子強說。

裴恩拍著趙子強的背，沒有說什麼，就只是聽趙子強繼續說著他疑惑，裴恩也困惑過，他知道現在的重點不是趙子強說什麼，是看趙子強要能夠為自己提出什麼樣的問題。最後只給他一句話「做你覺得能讓人快樂之事。」

周五的晚上市區到處是想解放的人們，電影院、KTV、夜市、觀光大道上，人群所到之處總會有一兩名員警巡查，這個時段通常也都是由重生者負責巡邏。

電影院裡的長廊，趙子強站在廁所外面，但他穿著便服，不久紫蔓從擠滿人的廁所出來，趙子強與紫蔓剛看完一部電影，就像一般的約會行程，吃飯、電影、逛街。

「現在去哪呢？」

「跟我走吧。」

他們走去一間晚上十點才開的日式居酒屋，裡面充滿著忍者風情，但不是日式卡通那種可愛味道，是更加真實的裝潢，有鐮刀手、手裏劍、忍刀還有服裝。

「生日快樂。」趙子強拿出一個小小的禮物盒。

「你怎麼會知道我生日？這是什麼？」紫蔓驚訝地說。

一打開禮物盒，紫蔓張開雙唇。「怎麼會？！」

她依舊不可置信，那個禮物居然是那天掉落的水晶手環。

「你在哪裡找到的？」

「我花了一周的時間，翻遍了所有可能掉落的地方。」

「我以為我找不到了。」紫蔓抱住趙子強，讓他稍微有點驚訝。

「謝謝你，我已經很久沒有過生日了。」

「我也要謝謝妳，讓我覺得我還是個好人。」

「你怎麼會有這樣的想法呢？」紫蔓好奇他如果這樣想的話，那趙子強是覺得之前的自己是壞人嗎？

「最近我常常感到疑惑，那段空白的記憶，好像是上輩子發生過的事了，我在想……我真的是個好人嗎？」

「當然是。」

「我真的一點記憶都沒有了，而那個人會是我嗎？」

「不要講這種話，願意花時間讓人開心的人，不會是壞人。」紫蔓又再次緊緊抱住他。

復死聯盟的激進分子在多次遊行中，發放具有爭議性的傳單，尤其是沒有打上馬賽克的血腥照片，激怒的群眾，導致有越來越多的人加入復死聯盟。記者也專門去採訪當時被殺害的百貨公司櫃姐的家屬，每採訪一次，就更讓被害家屬心碎一次，而這樣的畫面又更加深了恢復死刑的聲勢，眼看遊行人數不斷的增加，復死聯盟與政府之間的緊張關係越演越烈，已爆發許多警民衝突，這時這個話題也登上了知名的電視評論節目。

攝影棚內每一位出席來賓，都代表一種立場，廢死執行長、政府代表、復死教授、主持人、被害家屬。

主持人說：「我們從教授的發言知道，藉由恢復死刑，來強迫政府改善司法制度，真的可以這麼簡單嗎？煌哥，你怎麼看？」

煌哥是前司法改革委員，今天扮演的是政府代表，粗寬的黑框眼鏡，皮膚超白，像是政二代。

煌哥說：「我一樣都會舉這個例子，四十年前一位叫楊凱安的，因為不滿政府政策隨機在飲料裡下毒，死了七人，非常可惡，沒有人會反對吧，就殺了他，但你有想過多少人失去經濟支柱，半年後這犯人就被處決了，當時法院判決要還家屬共三千多萬，之後呢？誰還？」

在煌哥侃侃而談的時候，鏡頭帶到詹教授，他不停的苦笑搖頭，完全不認同煌哥的觀點。

煌哥繼續說著：「你回答得出來嗎？你怎麼對得起被害者家屬？你有思考過嗎？你怎麼對得起被害者家屬啊？當時是政府買單啊，是全民買單！」

「另一個例子，一位失業的爸爸，因為不慎撞死了人，向法院苦苦哀求，讓他出去賺錢養被害者的家屬、還有孩子的費用，結果呢？是無期徒刑。到底誰得到利益？災難已經發生，我們需要的不是難過，我們需要快樂。」

被害者家屬說：「對不起煌哥，我聽不下去了」他開始呼吸急促。「每天每晚我都睡不著，因為當我看著這些照片時，我想著他們在拍照的幾個小時前還活得好好的，和我們一樣呼吸，思考著等下要去吃什麼，今天工作做完了嗎，周末要約誰去看電影約會。我只是覺得很奇怪，我的女兒被他們這樣活活殺死，而我們還讓他們好好的活在街上。」

詹教授說：「煌哥，還稱你哥，是因為你是學長，你讀很多書，學識淵博，很優秀，但是你們真的能夠理解基本的人性價值嗎？我口誤，不是理解是用體會的。」

主持人為了緩和氣氛，不讓風向偏移太多，趕緊拉了回來，並分別讓每位來賓做結論。首先是廢除死刑的代表、前廢除死刑聯盟執行長。

「記憶死刑最被詬病就是，他們只在乎大眾，是功利主義下的產物，我們反對各種死刑形式，我們以個人為思考，記憶消失這種事，根本違反人權，比死刑更可怕更折磨，你想想，有天起床你所有記憶就消失，政府告訴你，你以前犯下殺人罪，你現在重生了，給你機會活著，所以你要貢獻社會，你要終生為國家和社會服務，誰知道他是不是被陷害的呢？你們知道有多少人得到心理疾病嗎？他們變得不相信這世界是真的。」

這是執行長想要廢除各種死刑立場的結論，他非常得意，覺得自己的立場被充分的表述，有種自己勝利的感覺。

主持人再度請煌哥講述政府對於記憶死刑支持的態度。

「有些被害者家屬靠重生者基金才活了下去，但也有很多痛苦的家庭，因為有重生者的幫助才活得更好。我們曾經有過一個版本，在三十六年前還沒有記憶死刑的時代，當時的政府其實已經在做記憶死刑的實驗了。」現場眾人表現出驚訝表情。煌哥繼續說：「那些記憶死刑犯，消除記憶後，除了欺騙他是一個忘記過去的人之外，還隱瞞社會大眾死刑依然存在，沒有記憶死刑這件事。政府將犯人送往一個獨居老人的家，讓他成為獨居老人的家人，給他假的過去與身分，大家知道好處是什麼嗎？被害家屬覺得正義伸張、死刑還有遏阻效用、給付被害者的錢都由這些人供給、不會有人去殺這些重生者、不會有人刻意犯下記憶死刑罪、也不會有政客想用死刑穩定民調，忽略司法種種問題。」

煌哥最後的表述是希望大眾能夠清楚明白，現在的資訊已經越來越透明，雖然他很想回到過去時代。

最後一位由恢復死刑的詹教授講述。

「我不懂煌哥有什麼好驕傲的？什麼時候政府可以有如此強大的權力去做這件事？根本欺騙大眾。我只能說，現在的記憶死刑把範圍擴大到自殺者，是個最大瑕疵，根本如同擴張政府的權力，不能因為他已經沒有自主性的產值就把他們判刑啊……」

最後因為節目時間有限，慢慢地把節目畫面淡出，聲音也跟著慢慢地轉小聲，節目最後在教授說到一半時進廣告。

第六章 行動代號是愛還是仇

捐血車總會在每月固定幾天在固定地點出現。按規定，重生者每月只要捐血一次，就可以多放一天假。因此，尤其是每月的最後幾天，一定會出現許多重生者進出捐血車。捐血車對面，兩個熟悉的人影進入了徵信社，那是一間坪數不大的小屋，有三個櫃台，但只有一個櫃台有人。

「我們這裡沒有做不合法的，你是不是聽不懂啊？」櫃台人員不耐煩地說。

「之前就可以，現在怎麼不行呢？這樣夠吧？」裴恩拿出一封裝滿錢的信封袋，放在桌上。

「你想害我們嗎？已經有不少家被查到，都已經停止營運了。」

「你老闆在哪？我之前來的時候，你可不在這裡呢。」

「你再這樣我要叫人來了。」櫃台人員打了電話說明他遇到的情況。

櫃台後面的暗門出現一位男子，走出櫃檯。

「老闆，這個人他……」櫃台人員急欲告狀。

「裴恩，好久不見。」老闆馬上搭肩裴恩，還稱兄道弟。

櫃台新人除了吃驚還有尷尬，對著眼前的事物傻笑。這時裴恩轉頭盯著櫃檯新人，一個不屑的眼色，不明說，但想揍人的神情還是出現在臉上。

裴恩說了好久不見等等的敘舊話之後，隨即迎來老闆的抱歉，對於新人的無知感到歉意。

「對不起。」雖然是老闆要求的，但新人還是說了。

「進來聊吧，但只能裴恩進來。」

裴恩也只好留下紫蔓，自己進去了解情況。

「我聽馮億中說過了，但是現在情況又不太一樣，各地復死的聲浪前所未有地升高，政府對於我們嚴加管制，實在是……」

「直說吧。」裴恩不耐煩地說。

老闆傻笑了一下，搖搖頭：「因為一個不小心，我是會去坐牢的，不敢冒這個風險，真的很抱歉，裴恩。」

老闆泡了上等茶給裴恩，盡量安撫他，希望他不要介意。

「我冒了很大的風險來到徵信社，你居然說難以幫忙，算了。」裴恩為了避免別人說他官商勾結，做出買賣重生者資料的事，喬裝打扮才進入了這裡。

「等等……，我們還是有情誼的，這些是我可以幫助你的。」

老闆給了一組電話號碼，和一個薪水袋。

「聯絡他吧，也只有他會做了，不過其實你應該也知道才對。」

裴恩內心猶豫是否可以拿，懷疑地看著這些東西。直到老闆說：「之前受到你們照顧，這是小意思。」這時裴恩卸下了心防，拿了也不會感到尷尬。

回程的路上，裴恩開車，紫蔓坐在副駕駛座，一手玩弄自己的頭髮，一手使用著手機傳送著曖昧訊息給趙子強。

「剛剛談得順利嗎？」紫蔓邊用手機邊問裴恩，但車上音樂很大，他好像沒有聽到紫蔓的話。

反倒裴恩問紫蔓是否有結婚的打算，因為他也看到紫蔓正傳訊息給趙子強。這問題她覺得離自己還很遠，不過趙子強最近也問過這個問題，心想難道自己差不多到了那個被提醒要結婚的年齡了嗎？

「我們就是被這樣教育的，戀愛是以結婚為前提。」裴恩接著說出多數重生者對於戀愛的態度。晚餐時間到，他們也回到了家，在吃飯時紫蔓想起下午沒問到的問題。「下午到底談了什麼？計畫如何進行？」

「計畫？你的工作嗎？」裴恩想要轉移話題說。

「我是說徵信社，為什麼你一回來就一直提到工作、結婚的，下午到底談論些什麼？」紫蔓盯著裴恩，不想給裴恩任何機會轉移話題。

裴恩閉幕思考了一下。「現在復死聲浪高漲，徵信社不敢冒那個風險，而且萬一我被抓到，是會被再次判處記憶死刑的。本來想等到找到其他較安全方式之後再跟你說的……。」

「我就知道，你又有什麼沒有說了？那現在有找到方法嗎？」紫蔓知道應該是沒有安全的方式，所以他才會想要隱瞞。

「我這裡的目的只有一個，就是要找回我父母親，重新找回我的家而已。」紫蔓的心意已決，逼得裴恩說出實情。

「現在只有黑道在做，不過他們只接暗殺的案子，你為什麼那麼執著於找到他們？你的生活已經回到了正軌……」

「這是你的計畫嗎？要我住這裡讓我感到安分？你不是我父親，不要把我當成你的女兒！」

紫蔓說完掉頭衝進自己房間，『碰』地一聲甩上房門。

那一聲『碰』的關門聲讓裴恩想了整晚，他坐在路邊椅子上，抽著菸，看著人來人往的街道，沉靜了一整晚。

隔天，裴恩就在紫蔓工作的孤兒院門口等著她下班，帶著她前往黑道的KTV。KTV的外觀看起來很乾淨，就像是一般的唱歌地點。

「你好，有訂位嗎？」

「沒有。」

「請問要什麼類型的房間？」

「倪式套房。」

店員聽到這句通關密語就知道，這是要特別處理的案子，是進行黑色交易的意思，在他打電話之前先詢問了裴恩的姓氏，低聲與電話另一頭確認。過了幾分鐘，另一位服務生過來帶他們上樓。

「記得，等等千萬不要插嘴。」裴恩交代著紫蔓：「那位老大非常不喜歡有人打斷他的對話，因為他會忘記他原本想說的話。」

服務生帶著他們搭電梯直達頂樓。電梯門一打開，視覺上，這層樓的風格與其他層相當的不一樣，有種進入了五星級飯店的感覺，門口有一位警衛，開門讓他們進入。

倪老大說，「裴恩，這麼快我們又見面了。」

「已經過了幾個月了。」

「你來幹嘛的？」

「是有關於重生者的業務。」

「這我就不懂了。」

「我是來找我爸爸的，他是重生者。」

「小妹妹你和他有仇嗎？」

「沒有。」

「來我這裡的可都是要來暗殺重生者的喔。」

倪老大坐在沙發上，玩弄著手上的打火機。「坐著吧。」

「有些人因為不滿自己的親人死了，想要對犯人報復，即使犯人的記憶連帶著人格都消失了，還是難以接受，所以就來找我了，這樣懂了吧，小妹妹。」

「我只有想找人而已，沒有要殺人，可以吧？」

倪老大覺得規則都已經講得很清楚了，怎麼還有如此天真的回答，冷笑了一下。

一旁的裴恩則是有點驚訝，因為紫蔓對待倪老大太過不禮貌。

「如果你堅持，我可以幫你破例。」倪老大說。

紫蔓聽了非常高興。但是倪老大是有條件的，對於他們而言，『找出重生者』和『暗殺重生者』，起初的工作都是一樣的，都是要先找出重生者，不過後面就只差在要暗殺的而已，因為風險很高，所以收費非常高昂。

「要多少錢？」紫蔓問。

「一百五十萬。」倪老大說。

「一百五十萬！太貴了吧？之前只要八十萬而已啊！」裴恩說。

「那是以前，現在的風險越來越高，你應該清楚才對啊，都要怪復死聯盟那天真的個性所致。」

「我們只準備了八十萬。」

倪老大閉起眼想了想後，提出了一個備案：「一百五十萬中有一半以上都是在買通重生部裡面的官員，取得重生者的資料，顯然現在的錢是不夠的。所以我提出另一個方案，裴恩，你是模範重生者，就由你來負責拿取資料，我們能用現在的錢買通兩位重生部官員，協助你們拿去資料。另外，裴恩你還得負責幫我拿取其他重生者的資料。如何？」倪老大在講話的同時，也注意著與此事件相關人士的反應。

「我沒問題。」裴恩胸口感到輕鬆。

「至於妳嘛……」倪老大望著紫蔓：「我們會給妳臨時通行證，協助妳拿取檔案，可以嗎？」

「我也沒問題。」紫蔓附和的說。

「哈哈哈，很好。」倪老大得意地宣布：「成交！」

倪老大開始詳細的描述當天要做的事件。

重生部位在繁忙的市中心，大樓外部有閃亮亮的三個大字『重生部』。裴恩和喬裝成警察的紫蔓一同走進一樓大廳。公務員忙進忙出，大廳的兩側是一間間的教室，新進的重生者們正在進行重新教育，他們的上一節課《性教育》才剛結束，下一節的《生活常識》緊接著開始，老師正在教學如何用油煎蛋，同時間另一間教室正在學習小學五年級的數學，最後一排的教室正在學習國中程度的國文課。

根據倪老大的計畫，重生部九樓的警衛已被買通，他刻意選擇這天的白天時段執勤，負責把重生者檔案室的鑰匙交給裴恩，之後就會交給第二位被買通的人負責─他是人事主任，他將利用職權，藉故找檔案室管理員開會，以便將他支開。

就在裴恩和紫蔓準備進入管制區時，負責檔案室的資料館館長卻突然出現。因為這不在計畫當中，裴恩兩人都愣了一下，幸好裴恩見多識廣，趕緊主動上前向館長打招呼。

「館長好！好久不見！」

「裴恩？你怎麼來了？真是稀客呀！」館長一邊說著，一邊看了紫蔓一眼：「你和警方一起來辦案嗎？」

裴恩靈機一動，立即決定改變計畫。

「不不不，她是我的同事，要來調查案子，我是特意來向您請教事情的。」裴恩刻意環視一下四周人群說：「不過……好像不方便在這裡談。」

「這樣啊？那去我辦公室吧！請。」館長說完，和裴恩、紫蔓一同走進電梯。紫蔓到九樓時先出電梯，裴恩則是陪著館長直達頂樓的辦公室。在電梯裡，裴恩始終故作神秘地保持沈默，直到出了電梯，館長再也忍不住好奇心。

「這裡已經沒有別人了，快說吧，到底有什麼事？」

「是這樣的，我現在對於教學感到非常有興趣，想要把我的生活經驗分享給新進重生者。」裴恩說。

「我還以為是什麼事呢？」館長說：「裴恩老師教出興趣囉？」

「我怕旁人聽到，所以剛才不好在旁人面前說。」裴恩隨便編了個理由：「其實我覺得，分享也是一種貢獻方式，讓我更有成就感。」

「那，你對哪一個領域興趣？」

在這個同時，紫蔓走進九樓準備開始行動，當電梯還在二樓的時候，她想起當天倪老大的計畫。

「現在因為政府的壓力，所有的把關都變得很嚴格，要與政府的線人接觸變得很困難，收買的層級越高，越容易出包，而且沒有一定層級的話是不能上九樓的，但裴恩可以，因為你是模範重生。」倪老大說。

倪老大將要找的其他三個重生者名單，附上重生者編碼，交給裴恩他們兩人，以便進入管理室時一併找尋。

「你們找到的文件的時候，除了正面之外，背面的編碼也要拍到，還有，要注意看編碼四周是否有紅邊，若有的話就代表重生者已經死了，這是你們會看到的文件樣貌，當作範例給你們看。」

倪老大之所以會這麼仔細的要求背面要拍到，第一是為了要確定編碼是一致沒有問題的，第二不論是死是活他們可不想搞錯人。

「當確認找的人是哪位重生者後，我們就能夠在戶政事務所找到他的資料。」倪老大說。

紫蔓出了電梯走到九樓櫃台前，拿出倪老大給的臨時通行證，通過了電梯門口前面的櫃檯警衛，他打開鑰匙箱，從眾多鑰匙中挑出那把一點都不顯眼的鐵灰色鑰匙，交給紫蔓。檔案室管理員這時接到電話，那人一手拿聽筒，另一手在忙著整理一堆文件，讓紫蔓急得心裡碎碎唸：「接個電話這麼久，還不快點？」

與眾所皆知的懶散公務員相差甚大，那警衛一講完電話，步伐一步比一步大地前往電梯，往人事主任的五樓前進，忘了紫蔓還在等他，幸好紫蔓及時叫住他。

「小姐，你需要什麼資料，就自己找。長官找我，一下就回來。」

紫蔓裝作面無表情地點點頭，事實上，心裡已經樂壞了。

紫蔓像個熟門熟路的警察，拿起鑰匙進入管理室，依照編碼開頭的英文字，就能快速找到重生者的名單了，她馬上就找到了第一個。

同時間，裴恩已經和館長進入『尬聊』的狀態，為了拖延時間，裴恩只好硬找話題。

「所以你家『蜜蜜』不太愛吃狗食啊。」裴恩佯裝關心館長家的狗。

「對啊，她現在很挑，只吃肉，哎呀，真難伺候。」館長說起自家那隻長毛臘腸狗，就眉飛色舞、滔滔不絕：「不過也沒辦法，誰叫她長得那麼可愛呢？只要看到她那個無辜的小眼神，我的心都融化了……」

剛好有人過來通知館長有急事，這可讓裴恩感到不安，趕緊跟著館長一探究竟。館長被帶到二樓民眾洽談櫃台，裴恩的視線剛好看到會議室裡，檔案管理員正與人事主任在會議室討論事情。

此時，紫蔓正要找最後一位重生者資料，她照著編號從架子上面拿出文件，看到文件正面上面的名字竟然是趙子強！

館長處理好櫃台民眾的問題後，看到檔案室管理員還在與人事主任討論，依照他的習慣只要看到檔案室管理員在忙其他事的時候，他都會去看一下檔案室，確認安全與否。而在一旁觀看的裴恩，深怕紫蔓的行動被館長發現，又趕緊跟上去，兩人繼續聊著館長那隻『蜜蜜』，裴恩強作鎮定，心裡一直禱告。一直到九樓電梯，陪著館長四下巡視，檔案室裡空無一人，確認紫蔓已經離開，裴恩這才鬆了一口氣。

裴恩與紫蔓陸續回到家，紫蔓把手機裡的照片印了出來，放在桌上，裴恩看到照片相當驚訝，就這麼巧，其中一人居然是趙子強。

水壺煮開的聲音已響了一陣子，紫蔓率先耐不住性子，起身過去把火給關了，順手拿起一旁的馬克杯，倒入即溶咖啡，再走回桌前。

「就說我們少拿一份吧。」紫蔓看到裴恩內心的掙扎，劃破兩人沉靜很久的狀態。

「嗯，明天還和倪老大有約呢，早點休息吧。」

隔日，他們倆都坐在倪老大的對面，周圍依舊有著多位保鑣，直挺挺佇立在旁。

「要你交的資料呢？」倪老大說。

「名單上的人都是要來暗殺的嗎？」

「怎麼了？我以為你已經認同我的正義了。」

「重生者在重生後，所擁有的好人生，你們就這樣任意摧毀？」

「他們之前就已摧毀過其他人的人生了，難道人就像是一具肉體換了靈魂，一台電腦換了新系統，就可以抵消那些罪嗎？一命換一命很正常的。」

「這只是讓痛苦繼續增長下去。」

裴恩絕不會這麼輕易的把資料交出去。

「我要取消這次的交易。」裴恩說。

「沒這麼巧，遇到你認識的人吧？」

倪老大搖搖頭，吐了長長的煙。他的小弟們好像準備做出什麼事，倪老大卻揮了一下手，示意他們不要動。

「裴恩，不要逼我，我們還是能好好合作的。」

「抱歉，我不能讓悲劇再度發生。」裴恩繼續說：「我把資料都銷毀了。」

「什麼?不會吧？」紫蔓問。

「我沒辦法做出這種事。」

這和昨天裴恩說的有所出入，本來要交出三個人的資料，現在變成完全不交出去。

「其中一個案子是我幕後金主的，他可不是你們惹得起的，我必須要那些文件。」

裴恩開始閉口不說話。

「把他們抓起來，這是你逼我的。」

紫蔓突然講出：「倪老大，我回去拿資料給你。」

保鑣已經抓起紫蔓和裴恩，這時倪老大揮手指示停止行動。

「我相信他沒有銷毀資料，而且我知道他把東西藏在哪裡，我去拿過來。」

「紫蔓?」裴恩用一種不可置信的表情看著紫蔓。

「好，我給妳一天的時間。不管妳用什麼方法，都要把資料拿回來，如果報警了，所有的情況都會變的更糟，妳要特別留意。」

雖然倪老大這麼說，但是他其實已被紫蔓堅定的神情說服，這些閱人無數的好手，總是能以眼神判定對方一個什麼樣的人。

紫蔓說：「我知道。」之後倪老大的手下便送紫蔓到大樓門口。

紫蔓迅速回到裴恩家，一下子就拿到了文件資料，就在他的房間裡，並沒有真的銷毀，紫蔓感到慶幸。不過趙子強照片已經是被撕毀的狀態，她花了一晚的時間把趙子強的資料照片，一片一片地黏起來，把已經黏好的照片放在桌上，其他三份資料也在一旁。

她從黏好開始，就一直在客廳裡發呆，時鐘上面時針指向二，外面天空依然暗，整個清晨她一直握著手上的手環。一邊是冒著生命危險幫她、救她的裴恩，另一邊則是單純並愛她的趙子強和三條無辜性命，面對兩者，紫蔓好難選擇……

城市的天際線開始現出魚肚白，窗邊父親牌位被微光照亮，那牌位現在唯一的功用就是提醒紫蔓「做應該做的事」，這不只是一塊木板而已，象徵的意義更大，因此成為她的信物。時鐘的短針在六與七之間，長針在六上面，朝陽斜射進來的光讓長針反射金色光芒。她用布擦拭牌位，再放回原本的位子上，思考整個夜晚，是繼續行動比較重要還是救趙子強好呢？

裴恩在一間套房裡，看不出來是被抓起來的人質，小圓桌上有他剛翻完的報紙，加上吃剩的牛排午餐。

門口內站著一位保鑣，確保裴恩的一舉一動是否正常，下一刻，門打開，門外有兩位保鑣，倪老大走了進來。

「你知道為什麼你還可以在這裡，而不是囚室吧。」

雖然裴恩不太想說話，但勉強說了幾句。

「不錯吃。」

「當然，這是最貴的餐。」

「我不會改變決定的，她也不會過來，而我也沒打算加入你們。」

倪老大看到裴恩翻過的報紙停留的那一頁，上面的新聞是一件虐嬰致死的案件，決定坐下來和裴恩好好聊聊。

「你知道為什麼黑道永遠存在嗎？因為制度有所缺失，而社會需要借用我們的力量，完善整個體制，你們都曾犯下人類所不能容忍的罪惡案件。」

「你說的沒錯。」裴恩語氣堅定：「我們確實犯下連我們都不記得的罪，但重生者穩定了社會、付出人格、付出生命，我們光明正大做比你們在黑夜裡更危險的工作。」

裴恩瞄到一旁小弟腰間繫的槍。「我的命早已不值錢了。」

「沒有人的命是值錢的。」倪老大語帶威脅地說：「不論你我的立場是什麼，我們都有各自要堅守的正義。你可以走了。」

倪老大站起來帶著所有的人離開套房。裴恩還沒搞清楚狀況，紫蔓匆匆走了進來。

「裴恩哥，你還好嗎？傷口疼嗎？」紫蔓關心地檢查著裴恩臉上的傷。

裴恩見到紫蔓並不開心，反而一把甩開她的手。

「紫蔓，你怎麼可以出賣子強和那些無辜的人？」裴恩生氣地指責紫蔓。

紫蔓刻意高聲地回答：「我還不是為了救你嗎？」接著低聲在裴恩耳邊說：「這裡說話不方便，路上再說。」

接著，紫蔓再度高聲說：「還不趕快陪我去找我爸媽？」說完，拉起裴恩快步離開。

紫蔓和裴恩迅速跳上公車，搭了兩站跳下車，剛好有另一部公車停下，兩人又再度上車，直到確定倪老大的人沒有跟蹤他們，這才鬆了一口氣。

「說吧，到底怎麼回事？」裴恩迫不急待地要向紫蔓問個清楚。

原來紫蔓已經把資料交給倪老大，他才把裴恩放出來，依照他們的作業程序，一周後就能查出他們的所在位子，到時候裴恩他們還要再來一次。

裴恩對著紫蔓說：「妳為什麼要出賣趙子強和那些無辜的人？」

「我沒有啊！」

「什麼？」

「我把趙子強的資料掉包了。」

「所以你沒有給出去囉？」

「嗯，給倪老大的都是死去的重生者正面資料。」紫蔓繼續解釋著：「因為倪老大的委託人並不會知道要找的重生者是否已經去世，他只是給我們號碼叫我們核對，但是號碼也只是在背面而已，把前面掉包，偷天換日，沒人會知道真相。」

「原來還有這種方式。」裴恩笑著，但突然又想起一些事：「不對啊，你是怎麼拿到那些死去重生的資料的？」

「我拿了你的證，又偷偷溜進重生部呀。」紫蔓有些得意地說。

裴恩瞪大著眼，拍了一下紫蔓後腦勺：「妳這小丫頭，膽子也太大了吧？」

紫蔓幽幽地說：「你為了我和子強，死都不怕了。我怕什麼？」

＊＊＊

一周後，為了紫蔓的安全，裴恩獨自去倪老大那裡取得紫蔓父親的地址，拿到地址後。兩人直奔紫蔓父親的工作地點。那是個社區運動中心，距離市中心有點遠，開車大約兩個多小時才到。裴恩將車停在停車格內，裴恩與紫蔓在運動中心大廳裡，隔著玻璃望向游泳池，看見一個身材壯碩的中年人正在教學生游泳。

「就是他嗎？我都認不出來了。」紫蔓淡淡的說。

「整形的關係吧。」裴恩邊說著邊點起香菸。

紫蔓父親重生後叫做黃蔚藍，因為身材壯碩，曾經得過游泳競賽的金牌，重生後變成一位救生教練。

「他會希望見我嗎？」

「記得我們的約定，你是巧遇來這裡的。」

「我知道，我是剛搬來這附近，很想在這裡學游泳的。」紫蔓說。

裴恩知道趟旅程已經結束，終於放下心中大石。

幾天後，紫蔓已經報名課程，她在游池的自由式談不上華美，但是輕盈。上完課程後，總是藉口繼續練習繼續留下來，以便多觀察黃蔚藍。當側身翻起呼吸時，她總看往黃蔚藍的方向，心裡思索著該如何接近黃蔚藍。

這一天，下課後同學們紛紛離去，泳池的人寥寥可數，只剩下兩、三個媽媽陪著孩子在兒童池玩水，室內游泳池的溫度，那股清涼能讓人忘卻夏季的考驗，使人在泳池裡放鬆的游來游去，唯獨最遠端有塊區域是用紅色警戒線圍起來的，那區的水深足足有十公尺深，那塊區域是初級潛水班的課程才會使用，平時游泳課教練嚴格禁止大家接近那塊區域。紫蔓看到那一區，突然心生一計，奮力朝向那區游過去，到達那裡時，她開始不正常擺動，紫蔓舉起手來大叫：「救命啊！救命啊！」黃蔚藍坐在救生員台上注視著整個泳池，突然瞥見紫蔓在呼救，二話不說立即跳下游泳池，快速游到她身邊，把紫蔓拉回泳池邊。協助她吐出水，幸好沒有吸入太多水。

「沒事吧？小姐……」

「我的腳抽筋了。」

「是左腳還是右腳？」

「左腳。」

黃蔚藍跪在地上，右手抓起紫蔓的左小腿，左手頂在她的腳掌上往回推。

「好痛！」紫蔓痛得大叫。

「忍耐一下，會有點痛。」

持續了大約一、兩分鐘後，紫蔓的抽筋狀況終於有些好轉。

「好點嗎？」

「好多了，謝謝黃教練！」

「記得自己練習時，不要去那塊警戒區，那裡水很深、很危險！」

「對不起，我知道了，下次不敢了。」

「還有，下次暖身要做足，才不會抽筋。」

「好的，謝謝教練。」

紫蔓心裡想：「真是囉唆。」

黃蔚藍通知了紫蔓的聯繫人趙子強，他剛好就在附近查案，很快地就來接紫蔓回去。

隔沒幾天，黃蔚藍下班後，從運動中心離開，紫蔓剛好就在另一頭等待交通燈號誌轉成綠燈，綠燈一亮，雙方即將碰頭，視線對上了。

「黃教練好。」

「妳是之前那位溺水的那個？」

「對，我叫紫蔓，那天真的很感謝你。」

「這麼巧，在路上也能遇到妳。」

紫蔓回頭隨著黃蔚藍前進的方向走去。

「教練這麼早就下課了？要去哪呀？」

「我正要去吃早餐。」

「我也還沒吃，跟你一起去？」

「好啊。」

兩人走著走著，走進了一間早午餐店。

黃蔚藍點了歐姆蛋加美式咖啡，紫蔓則點法式吐司和柳橙汁。結帳時，紫蔓搶著要付錢。

「讓小女孩請客，這怎麼好意思呢？」

「只是報答一點謝意。」

「不用啦，這是我的工作。」

「教練，我覺得以前好像見過你耶！」紫蔓試探地說。

「真的嗎？可能在我重生前，我們見過面。」一個幽默的回答方式，讓彼此卸下心防。

紫蔓地笑了出來，不確定是否是社交笑容，或是由內而外本能式的笑容。

裴恩在消防局裡，拿起手機點出黃蔚藍的照片，是他帶紫蔓去運動中心找黃蔚然時拍的。他注意到黃蔚藍的手指居然沒有斷肢！他馬上找出當時那對夫妻留給他的照片，紫蔓爸爸的右手無名指有清楚的斷肢，但是在游泳池那張卻沒有。

裴恩相當疑惑，頭歪了一邊，眉毛也挑了起來：「到底發生了什麼事？」他想到的第一件事，打電話的重生部檔案室館長，確認假如有斷肢是否會在重生者的整形範圍裡。

「不，絕不可能。」館長斬釘截鐵地說：「重生者的整形事項中，沒有恢復身體四肢殘疾的部分，只包含臉部及身體上的明顯部位，如痣與疤痕。」

「喔？是這樣啊？」

「是的。」館長問：「裴恩，你為什麼會問到這個問題？」

「沒什麼。我只是在準備教材。」裴恩怕說多了會露餡，趕緊找個藉口：「沒事了，謝謝館長！」

裴恩趕緊掛上電話。

裴恩正感到納悶發著呆時，趙子強輕輕敲了兩下門，走了進來。

「隊長。」

「子強啊，什麼事嗎？」

「隊長，紫蔓最近還好嗎？」

「怎麼突然這麼問？」

「她前天去游泳時溺水了，她沒有和你說嗎？」

「溺水？」

趙子強看到黃蔚藍照片。「這人誰啊？好眼熟。」

「你有時挺有用的。」裴恩站起來拍拍趙子強的背。

裴恩回到家，確認紫蔓不在後，直接進入紫蔓的房間，開始四處翻找。從梳妝台抽屜裡拿找出一張單子，詳細寫著昏迷藥的配方和使用方式。

隨後打開衣櫃，內側櫃壁上貼著的大大小小的幾張紙露了出來。

原來，上面貼的全是一個名叫『張凱傑』的相關資料：他是一名暴力討債分子，因為打死欠債者，被捕後判記憶死刑，成為重生者。張凱傑也是逼紫蔓父母走投無路的兇手元凶之一，讓紫蔓父親殺了他其中一位小弟，最後裴恩看到張凱傑的圖片有紫蔓寫的字：『張凱傑＝重生者黃蔚藍』！

裴恩的腦袋像是被雷轟了一般，瞬間驚醒過來。原來紫蔓根本不是要去找她的爸爸，而是要去找逼她父母成為重生者的兇手！

在車上，裴恩在車上不斷的打電話給紫蔓，但始終沒人接。裴恩突然想到了一個人，立刻撥了電話號碼。

「喂，裴恩嗎？什麼事？」

「張大媽，妳之前幫紫蔓申請見面時有發現哪裡奇怪的嗎？」

「沒有啊，發生什麼事了嗎？。」

「妳再仔細想想，任何小事都好。」

張大媽正努力回想中：「硬要說的話，我覺得紫蔓看起來不像十九歲，意外的成熟。」

「十九歲？」

「對啊。」張大媽笑笑的說。

「那當時資料寫的是不是紫蔓的爸爸打死一名討債份子？」

「不對喔！這個案子是紫蔓的父親在討債時打死一名債務人。」

「確定嗎？」

「是啊，文件現在正在我眼前，怎麼了嗎？」張大媽不解地問。

「沒事，我只是想對一下資料。謝謝啦！」

同時間，紫蔓與黃蔚藍正在餐廳裡有說有笑，手機被關掉了鈴聲和震動，靜靜地躺在紫蔓座位旁的沙發椅上，螢幕顯示有十幾通未接來電。接著，是裴恩傳的一則簡訊：『紫蔓，不要做出傻事。』。她不理會訊息，索性把手機翻過來，讓螢幕面向下。

「在海邊的經驗真的很有趣，如果你願意的話，今晚要來我家嗎？我家就住在附近。」紫蔓用一種崇拜的眼神看著黃蔚然。

「不太行啦，我想不太方便。」

「為什麼？」

「我有家庭了。」

紫蔓的手摸著黃蔚藍的大腿，他把紫蔓的手推開。

「好吧，可能我來得太晚了。真可惜。」

「我已經是一個大叔了，不適合啦。對不起，我去洗手間。」

趁黃蔚藍暫時離座，紫蔓從包包裡拿出一小包粉末，偷偷倒進他的飲料裡。不知情的黃蔚然回座後，應紫蔓要求，為了慶祝他們認識彼此而乾杯，將那杯飲料喝光，但藥效似乎沒有那麼快發作，紫蔓趁他還沒起效果時，又主動要開車載他去車站搭車，黃蔚然並不想拒人千里，也就答應了，但上車不久他就昏迷了。

裴恩按了兩下門鈴，來應門的是黃蔚藍的太太，裴恩假借自己談判員的身分，佯稱需要找黃蔚藍詢問案情。但是黃蔚然還沒回家，他的老婆和小孩也正等著他回來吃晚餐。

裴恩心想糟了，千萬別出事，遞給黃太太一張名片，要黃蔚然到家後務必與他聯絡。說完，裴恩便帶著趙子強匆匆離去。

一刻鐘後，裴恩所開的車停在紫蔓之前的租屋處附近，為了避免打草驚蛇，裴恩躡手躡腳地走上樓梯，到紫蔓所住的樓層。紫蔓家的門鎖著，室內的光自門下的縫隙透了出來，但一點聲音也沒有。裴恩自西裝內袋裡掏出一支微型攝影機，透過藍芽銜接上手機後，將攝影機從門下縫隙伸進屋內，以便一探究竟。屋裡的狀況在手機螢幕上一覽無遺，裡頭燈是亮著，但沒有人，顯然剛剛有人來過。裴恩正在納悶，不知紫蔓和黃蔚藍究竟去了哪裡，突然聽到「蹦」的一聲槍響從樓上傳出來，裴恩隨著聲音往頂樓走去。

紫蔓正拿著槍抵住黃蔚然的太陽穴，單憑自己一個人，就把壯碩的黃蔚藍結結實實地綑得像個木乃伊倒臥在地，在她們周圍地上散落了一些紫蔓父親殺人、父母雙雙企圖自殺、暴力討債分子張凱傑逼人走投無路等新聞報導。

「你還不承認。」這時的紫蔓，像是一個惡魔。

「妳冷靜一點，我真的不知道要承認什麼呀。」

「你把我們一家逼上絕路，你難道都不知道你為什麼成為重生者嗎？」

「我怎麼會知道呢？即便我想知道，我也不能去知道這些的啊。」

「好，沒關係，那我來告訴你。」紫蔓拾起地上一張報紙，湊在黃蔚藍面前：「看到沒有？這就是你，張凱傑，你就是一個專門討債的黑道，把欠債的人活活虐待而死，這就是你成為重生者的原因！」

紫蔓說著，又把口袋裡掏出一疊照片，裡面盡是血淋淋、死狀淒慘的屍體。

「還有這些，他們都是被你虐待到死的受害者！」

「God，拜託不要給我看。」黃蔚藍閉起眼睛，不敢去看那些噁心照片，更不敢想像怎麼會有人去做這種事，更重要的是，他的內心正在抗拒了解過去，害怕當知道過去的時候，會失去現在的老婆小孩，甚至無法面對現在已經美滿的家庭。

「把你的眼睛張開，這可是你做的。」紫蔓硬是撐起他的眼睛，並往天空開了一槍。

紫蔓大吼「承認這是你做的。」這聲音往四面八方而去，從頂樓大門進入大樓，傳入樓梯之間。

「求求妳！我真的不記得自己做過這些。」黃蔚藍哀求著：「就算我做過，我也受到懲罰了，我被判了記憶死刑，也靠著工作在償還社會呀！」

「償還社會？」紫蔓冷笑：「你償還社會？我可是一毛錢都沒拿到啊！」

「對不起，我讓你家人受苦了。」黃蔚藍顫抖地說。

「家人？我想你搞錯了，這些照片裡的人跟我一點關係也沒有，他們是你對別人幹的好事，我這麼做只是想看看你受苦的樣子而已。至於你對我爸……你把我爸爸切斷一支手指頭，不斷逼迫我們還錢，最後我爸受不了，動下殺機勒斃了你的手下，最後也成為了重生者。」

「我真的很抱歉，我願意額外負擔你們的費用。」

「你裝好人的樣子真噁心，還是早早給你個痛快吧。」

紫蔓說著就要把黃蔚藍推下去。

另一頭出現一個聲音。「把槍放下，紫蔓。」裴恩出現在頂樓的門口，距離紫蔓有著八步左右的距離。

「我是真的會開槍，甚至是你。」紫蔓手上的槍轉向對著裴恩，她的眼神極度邪惡，與平常的她反差極大。

「你想要怎麼樣？復仇，殺了他嗎？」裴恩問。

「我殺了他，不過就是成為你們而已啊。」

忽然間，裴恩在眼前看到的不是紫蔓，而是她的父母。

裴恩想起紫蔓母親當年問他的那句話：「你過得這麼好，為什麼還要阻止我們成為你們？」

裴恩的腦袋當機了，一片空白。「為什麼呢？我也不知道……」他想起了自己面對女兒遭到性侵時的處理過程。

「爸爸！」

紫蔓的臉瞬間變成了女兒的臉。裴恩嚇了一大跳，用力眨眨眼，又恢復成紫蔓的臉。

「紫蔓，妳忘記你現在的責任了。如果妳真的殺了黃蔚藍，那妳跟之前的他又有什麼不同？」

裴恩拿出一疊照片，都是黃蔚藍和妻子小孩們出遊時拍的。他把照片撒了滿地，隨著風吹覆蓋到血腥的照片上面。

「妳到現在還不開槍的理由又是什麼？」

黃蔚藍看著看著便嚎啕大哭起來：「我什麼都不記得了，我怎麼可能會……做出這種事？對不起！真的對不起！」

一瞬間，紫蔓看到綁在椅子上的並不是黃蔚藍，而是趙子強。

「趙子強，你為什麼要在這裡？」紫蔓崩潰的說。

「當我想起那段空白的記憶，那好像是上輩子發生的事了，但我一直都在想……我是個好人嗎？」

槍聲再次響起，但他沒有對準黃蔚藍，她只想藉此聲音敲醒自己，紫蔓跪了下來，不斷地流淚，槍也放了下來。裴恩走到她身邊，抱住了她。

紫蔓說「活著的意義是什麼？」

「被需要。」裴恩緩緩說出，這時他希望紫蔓可以理解社會需要他的原諒，趙子強也需要他。

＊＊＊

三個月後，黃蔚藍一家人已經搬到山區林間擔任溪邊救生員工作，危險度就和薪水一樣上漲了。那天他沒有報警。

而且實現他所說的話，每個月經過特殊手法將錢匯給紫蔓，他主動調往難度更高更多錢的工作，不過這都是私下的行為，與政府無關，也盡量規避政府的監控。

那紫蔓現在呢？

那天之後她向趙子強說出了一切，很意外地，他並沒有遠離紫蔓，反而給了紫蔓一個大擁抱，紫蔓也順道告訴他，之前重生部偷拍的文件裡有趙子強過去的資料，例如犯過的罪，不過趙子強不想知道，可能也是害怕知道真相，對於真相感到恐懼，而拒絕知道。他們也開始了同居的生活。

市區錯置無序的街景，建築大小不一，裴恩的老車緩慢地從人造的區域到田野鄉間，這次他們重新找了一次紫蔓父母，也已經知道了地點，他們正前往那裡。

「我有件事還沒和你說。」紫蔓說。

「還有什麼事？」

紫蔓拿出一個行動硬碟交給裴恩。

「我父親重生前指定交付出去的遺言。」

紫蔓下了車，走到公園入口處，她看著前方，手往眼裡揉了揉。

「他變了好多，髮都白了。」

「要走過去嗎？」

「這裡就好，我怕他認出我。」

「他的眼睛會認出你的，就像當時的我一樣。」裴恩抽著菸說。

紫蔓還是不自覺地往前走了好幾步，父親的容顏看得更清晰了，看著自己的家人，小時候和父親相處的快樂時光，瞬間都回到眼前。她滿足地笑了。

裴恩回到了車上，拿出筆記型電腦，開始播放在隨身碟裡面的影片。紫蔓的父親頭髮還是全黑，坐在記憶死刑的行刑室，像是一般家具賣場的展示間，非常溫馨舒適。

紫蔓父親說。「紫蔓，去找那位重生者，那位談判者，他會帶你找到你想要找的東西。」

筆記型電腦就這樣繼續放映下去，裴恩心想，原來她早就知道是我就會幫了。

裴恩回想夫妻在準備跳樓的那一刻，他想到一個折衷的方案。

「你的人生真的已經完了，雖然不清楚這樣是否比較好，但我會帶你女兒去見你們一面，一定會帶你女兒去找你們的，我保證。」

「這是我們的照片，謝謝。」

準備跳下去時紫蔓父親轉頭說：「這就是你們重生者的社會責任吧。」

終篇

被壓迫的生命

第一章 震驚社會的案子

「即刻起，重生者將享有與一般人同樣的工作待遇。」法官重重敲了一下議事槌說：「退庭！」

法庭內外充滿著重生者，胸前都別著重生者那閃亮亮的標籤，大家互看彼此，頓時時間停滯了，沈默了好一會兒，法庭上也只聽得見送風機的聲音，不久大廳外的長廊傳出歡呼的聲音。坐在原告席上的一位律師，身材相當精壯，他是郭兆偉，雖然已經五十七歲，但外觀看似四十五歲。這刻外面的歡呼聲傳到了他耳裡，安心地喘了一口氣，享受勝利的喜悅。

反觀被告席上的律師和財團代表，沒有任何不悅的表情，他們反而也鬆了一口氣，互相拍肩打氣，收拾東西準備離席。

這是一場扳倒惡質財團過度利用重生者的集體訴訟案件，由郭兆偉律師獨挑大樑，替重生者擊敗了大財團。

這惡質財團就是碭慶集團，該集團雇用了許多重生者，替他們正在開發的一塊新市鎮土地施工，施工內容不只開挖土地、布置地下管線，還在山腰間開闢新道路等，令人驚奇的是，他們的工作進度如此迅速，將本來預計十二年的工程縮短至六年，背後卻是讓重生者日以繼夜地趕工，甚至被剝削各種正常工人該有的福利，直到第一位重生者過勞死後，事件才爆發出來。

後來，被雇用的重生者們集體聘請郭兆偉律師來幫他們打官司，郭兆偉用幾個月的時間，一步一步地調查出內部資料，私下請證人召開記者會，把證據攤開在螢光幕前，讓公眾輿論和批評，隨後再把碭慶集團背後不法的真相帶進法庭上。隨著證人攜帶出來的資料如雪球般愈滾愈多，事件也越辯越明，這就是郭兆偉一貫的做法「讓真相說話」，擊敗碭慶集團的謊言。

「你也辛苦了。」財團律師向郭兆偉說。並向郭兆偉致意後離開，郭兆偉也禮貌性的揮手示意。

這次不只扳倒大集團，也贏得了對手的尊敬，不過這勝利讓郭兆偉感到奇怪，因為過去數度交手，財團委任律師從不承認碭慶做過任何傷害重生者的事，但面對今天的敗訴卻絲毫不在意，也無意再上訴，前後態度十分不同，郭兆偉只能猜想，他們應該是欣然接受了這個結果。

旁聽席的座位上沒有任何人坐著，座位上的是各式優雅的包包、側背包和後背包。每位重生者和其家屬都站起來迎接郭兆偉從走出庭外，郭兆偉便向勝訴的每位重生者恭喜、寒暄，但從另外一面看來，郭兆偉更像是被歡呼的送出法庭。走出了法院大門，一旁跟著他一起出來的那位，是穿著亮黃色T恤和牛仔褲、一副大學生模樣的王英傑。

「晚上節目的主題準備好沒?等等上車要看。」郭兆偉問。

「準備好了。」王英傑說。

司機將車停下，王英傑為郭兆偉打開車門，郭兆偉正要上車，一名男子衝了出來，擋在車門前。

「郭律師，我在這裡等很久了，希望你能幫幫忙我們。」男子邊說著邊拿出一份牛皮紙袋想要交給郭兆偉，王英傑出手攔住這位男子的魯莽行為，把郭兆偉和男子隔開，就像保鑣一樣。

「拜託，有時間的話幫我看一下，不會耽誤你的時間。」男子說。

「英傑，沒關係。」郭兆偉從那男子手中接過牛皮紙袋：「先生，你放心，我們會看完後選擇適合方式協助你的。」

郭兆偉說完後便進入了車裡，王英傑也迅速坐上駕駛助理座，男子滿懷感激地目送他離去，卻不知道郭兆偉並沒有要看的意思，因為他無時無刻都會有人突然而來的向他請託，當然也有收到權貴者的案子，全都是拜他在電視節目上的知名度所賜。

不過郭兆偉並不常自己接下案件，大部分的案件不是轉交給其他律師，就是給法律扶助基金會。並不是因爲他挑選案件，而是他希望把時間精力花在電視節目上，宣導法律的觀念和專題式的時事討論。

郭兆偉一上車後就把牛皮紙袋放到一旁，裡面的資料露出了一小角，上頭寫著 Rebirth 行程表等幾個字。

「英傑，把今晚的節目資料給我。」

「是。」

王英傑遞給郭兆偉一份 A4 資料，上頭的標題寫著「大數據的使用權限」，郭兆偉翻了幾頁，從公事包拿出筆，並在資料上面做筆記，準備今晚要在節目談論的主題。那是由郭兆偉主持的法律節目，會針對新聞時事做出法律上的專業判斷，也會請正反兩方進行不同觀點的辯論。

郭兆偉低頭正要看資料時，瞥見牛皮紙袋文件露出的『Rebirth 行程表』字樣，將它拿起遞給王英傑。

「拿給胡士恩事務所吧，最近的都交給他們。」郭兆偉說。

「好的，到了電視台後，我再順道過去交給他們。」

郭兆偉瞄了一眼王英傑的穿著。

「話說你也該去買件西裝了，實習的薪資應該已經入帳了，成為律師的第一步，就是要有一件能夠讓自己充滿信心的服裝。」

「……我還沒找到我理想中的樣子。」

郭兆偉無言地搖搖頭，繼續準備晚上錄影的資料。

***

南方電視台裡人來人往，像是發生了什麼大事一樣，人人搶著想知道發生什麼事，這時電視節目還正在播放中。

『法律最前線』斗大的粗體字在攝影棚內最醒目的中後方位置，整個攝影棚是乾淨俐落的流線型裝潢，藍、黑為主的相間配色，再加上一點黃色點綴，構成攝影棚的主視覺色彩。寬敞的空間有「護城河」把兩排座位遠遠地隔開，兩排形成相對的戰鬥座位，上方坐著兩種對立的觀點將士，正中間坐著的是郭兆偉和林巧庭兩位主持人。

「我覺得黃凱安教授說「為何我們不再遺忘？」這件事非常有趣，我們所存在網路上的資料，這些龐大的大數據將永遠存在，不論是好是壞，未來的世世代代都能查詢得到，而這樣的一項技術有什麼缺點呢？趙教授你怎麼看？」郭兆偉說。

趙教授回答問題時，所有攝影機都對準了他，趁這個空檔，一名工作人員急急忙忙進來，在郭兆偉耳邊說悄悄話，郭兆偉立刻臉色大變。

趙教授回答完畢時，鏡頭轉到郭兆偉身上。

「謝謝趙教授。我們緊急插播一則重大的消息，重生部次長潘柏隆昨日早上被發現死在自己的辦公室裡，就在剛剛警方向大眾做出簡單的說明，馬上插播本台新聞報導。」郭兆偉說。

畫面轉到新聞直播現場。女主播用著急促緊張的語氣播報著即時新聞。

「……警方表示，目前已經掌握充分的證據和線索，兇嫌是一位重生者，是重生者偶像團體Rebirth的團員林昀真，這將會是第一起由重生者所犯下的殺人案件……。」

這時郭兆偉突然想起下午拿到的牛皮紙袋，他依稀記得上面寫著Rebirth等字樣，不確定是否寫的就是這個，他只能等還有一小時的錄影時間結束後，才能聯繫王英傑。

「各位現場來賓，倒數十秒回到節目現場。」現場指導高聲提醒著：「十、九、八、七、六、五、四、三、二、Action！」

「好，我們繼續回到節目現場。」郭兆偉繼續主持：「針對剛才發生的不幸案件，黃教授您有什麼看法？」

「我個人認為，這是無法避免的……」黃教授口若懸河地說著。但郭兆偉的心思全都在交給王英傑的那份文件上，顯得有些心不在焉，連共同主持人林巧庭問他問題都答非所問。好不容易熬到錄影結束，他立刻打電話找王英傑，幸好因為別的事情耽誤了，還沒把資料交出去。

當晚，郭兆偉回到家仔細看了那份資料後，不安地在辦公室走來走去，看看手錶，已經過了午夜十二點，猶豫了片刻，決定拿起電話撥了資料上的聯絡人張恩佐的電話號碼。

『Rebirth成員謀殺政府高官案』相關新聞持續發燒了整整一個星期，整個社會人心惶惶，人們原本以為，記憶死刑的犯人在經歷過消除記憶和重新教育等步驟後，成為重生者就不會再犯罪，也就不會再殺人了。這起次長遭到謀殺的案件，震撼了由重生者所穩定的社會。

第二章　荒謬的調查

報紙上的頭條『重生者團體 Rebirth 的團員林昀真殺害重生部次長』

報導內容寫著：『根據刑事警察局調查指出，兇嫌林昀真於五月十二號晚間七點左右進入重生部，涉嫌使用氫化物毒害潘柏隆，直到隔日潘柏隆才被發現死在辦公室裡。根據警方調閱林昀真住處附近的監視器顯示，該名嫌犯於行兇後若無其事的走回住處。警方於五月十三號當天早上以迅雷不及掩耳的速度，將林昀真逮捕到局裡進行偵訊。兩天後的五月十五日，檢方已召開記者會說明，檢方根據所掌握的相關證據依「蓄意謀殺罪」起訴林昀真，務必要將這名殺害政府官員的毒婦人繩之以法，以正社會視聽……』

素色的牆上有著一幅經典名畫《死去的瑪拉》，這是法國大革命時期由大衛所畫的著名畫作，畫中一位革命烈士死在浴缸裡，象徵那未完的革命。

窗外的光打了進來，照亮了郭兆偉與政商名流的合照，室內非常明亮，書櫃上面有著郭兆偉與女兒、老婆的合照。比對現在與照片上的郭兆偉，看得出來那是青澀時期的郭兆偉，是他和老婆拍完那張照片之後，沒多久就離婚了，而他的女兒始終不明白爸爸為什麼離婚、離開他們，郭兆偉也一直錯過女兒的各種重要日子，從沒參與過孩子的任何活動。

這是一個任何聲音都無法洩漏出去的辦公室。今天來了兩位客人，一位是個小男孩，名叫林以樂，坐在辦公室外的會客區玩手機遊戲，另一位就是上次攔截郭兆偉並給他牛皮資料的男子張恩佐，坐在主人座位的是郭兆偉，雙方表情嚴肅，但空氣間卻有一絲絲焦糖的甜味。

「律師謝謝你願意幫忙。」張恩佐說。

郭兆偉舉起右手向張恩佐搖了一下。

「先別謝，我還沒決定要不要接你這個案子。」郭兆偉說。

「那您找我來是……」張恩佐顯得有些疑惑。

「我是想先了解一下細節。」郭兆偉眼睛直勾勾地盯著張恩佐：「你必須誠實時回答我，我才可能幫得上忙。」

「沒問題！」

「很好。」郭兆偉問：「首先，你和林昀真的關係是什麼？」

「他是我女朋友。」

「是經紀公司要你們不能公開嗎？」郭兆偉手中的資料顯示林昀真是單身。

張恩佐點頭承認這件事。

郭兆偉把手上的資料放下，視線掃過張恩佐全身，長相乾乾淨淨，一臉清秀，身穿墨綠色的襯衫和牛仔褲，就在他正在思索為什麼如此美麗的明星會喜歡他時，又嗅到了一股甜味。

「我們在重生者聯誼所認識，她喜歡吃甜食，我剛好是做甜點的麵包師傅。」

郭兆偉這時終於明白空氣中那股甜味的由來。

郭兆偉話鋒一轉接續著問，「你是怎麼看這件事的？」

「非常不知所措，我真的不知道該怎麼辦，昀貞是絕不可能做出這種事，她很愛國，很愛社會。」

張恩佐指著坐在外面的林以樂：「以樂是她領養的孩子，她對孩子非常好。」

「她怎麼可能會去殺人……她可是重生者啊！經歷重新教育後，她是不可能、絕不可能會做出這種事的……，她……。」張恩佐愈說愈激動，臉都漲紅了。

「張先生，先冷靜點。」郭兆偉說：「據我了解的情況，她現在不是有位律師嗎？你為什麼還要來找我呢？」

張恩佐苦笑了一下：「郭律師，您知道嗎？昀貞早在新聞曝光的兩天前就已經被警方帶走了！」

「什麼？有這種事？」郭兆偉覺得不可思議。

「是真的！所以我才著急呀！」張恩佐繼續說：「就在她被帶走的那天，就有一位自稱是經紀公司的委任律師上門來，說是要處理林昀真的事。我打電話到她經紀公司詢問，卻發現經紀公司根本沒有委託這位律師。一個下午過去，經紀公司又打電話來改口說，那是他們請來的律師。第二天，我去探訪昀貞，她說那位律師她也不知道是誰，而且他們根本沒有見過面。這整件事實在太不合理、太蹊蹺了！因為我知道您一直都在幫助重生者，所以那天才冒昧地來求您幫忙……」

張恩佐一口氣將事情的始末說完。

「原來如此，一個不知哪裡來的律師，還有一個效率超高？的檢警單位，在短短兩天就認定是林昀真所為，並馬上開記者會宣布，這一切實在太反常，不是調查太過草率，就是背後另有隱情。」

「我實在不懂，昀貞就這樣被關在裡面十天了，難道就因為她是重生者，所以要受到這樣不合理的對待？」

郭兆偉站了起來，從辦公室的半透明玻璃牆看出去，林以樂正和王英傑玩手機遊戲，張恩佐也跟著站起來，兩人一起望向相同的方向。沈默了片刻，郭兆偉嘆了一口氣，轉頭對著張恩佐。

「張先生，這個案子的確很蹊蹺，而且很棘手。」郭兆偉說：「尤其，死的又是政府官員，你要有心理準備，未來，林昀真女士、你、我，甚至包括孩子，都得承受很大的壓力。」

張恩佐聽了，眼睛突然一亮：「郭律師，這麼說……您是答應了？」

「嗯。」郭兆偉點點頭。

「真是太好了！謝謝您！」

「不要高興得太早。」郭兆偉語重心長地說：「我剛說了，死者是政府高官。我們的處境可能會很危險，你要有心理準備。」

「嗯，我懂。」張恩佐露出堅定的眼神：「為了昀貞和以樂，我願意冒這個險。」

郭兆偉的辦公室門打開，他和張恩佐一起走出來。林以樂還在和王英傑玩遊戲。見到張恩佐走出來，立刻站起來奔向他。

「爸比，今天可以見到媽咪嗎？」林以樂抱著張恩佐說。

「還不行，寶貝。」張恩佐試圖轉移話題：「今天功課寫了沒？媽媽不在功課還是要做喔。」

「為什麼？她說今天要帶我去看電競現場看比賽的，當我上次考到第六名的獎勵。」

「乖，聽話。」張恩佐突然說不出口。

郭兆偉走到林以樂前面，蹲下來後就和他的高度差不多。

「小朋友，你叫什麼名字？」郭兆偉說。

「林以樂。」

「以樂，你的媽咪被人誤會做了壞事，她要向大家解釋完後才能回家，這是很重要的事情。」身形高大帶著些許冷酷的郭兆偉，突然間變得和諧感性起來。

「這個很重要嗎？媽媽真的是壞人嗎？」

「當然重要。經過了法律的嚴謹程序，法院就能還給你媽咪清白了。」

「我不懂，媽咪對我這麼好，為什麼有人說他是壞人？」林以樂有點難過的說。

「只要多了解釋的步驟，就會發現沒有人會是真正的壞人，他們只是還不知道這重點而已。」

林以樂看似不太懂，還是想哭，這時郭兆偉又開始補充。

「我講簡單一點喔，如果你的考卷被老師改錯，你是不是要向老師解釋考卷改錯了，再把分數改回正確的。」

「對。只要講完就能回來了吧？」

「是的，我的工作就是幫助你媽咪解釋。懂了嗎？」

「我懂了。」林以樂終於笑了出來：「原來是這樣，太好了。」

張恩佐非常感動地向郭兆偉致謝，郭兆偉拍著他的肩膀。

「爸比，我肚子餓了。」林以樂說。

「時間晚了，我們回家吃飯吧。」張恩佐小心翼翼地哄著林以樂：「今天做義大利麵給你吃，好嗎？」

「好喔，我還要加兩顆肉丸。」林以樂開心地說。

「好，沒問題。」

張恩佐轉頭向再次郭兆偉致謝，就帶著林以樂回家了。

郭兆偉看著這對父子，不禁想起自己的童年。

郭兆偉直到國中時期才知道，自己的父親是一位重生者，自己則是重生者二代。他從小就在想，父親這樣的人怎麼可能殺過人？

媽媽娘家的親戚有時候還會閒言閒語，講著『郭兆偉媽媽怎麼會看上他爸？』之類的話，他們還說，說不定他可能隨時會發作，再度殺人。不難想像那是一個在記憶死刑法律才剛開始實施的時代，社會上對於重生者有著不安的感覺。

郭兆偉在思考，他父親如果是壞人，那為什麼他會這麼熱心的助人，每到早晨在路口處擔任學校志工、指揮交通，假日又在老人安養中心陪著年長者們度過晚年。

直到郭兆偉開始擔任律師工作之後，回想起這段才明白，他的父親是一個沒有自己故事的人，是沒有過去的人，他是喜歡才會去老人安養中心，聽著長者的故事，滿足他對了解世界的渴望，他平常的休閒就是看電影和小說，認識世界上的種種事情，其中他最愛的就是《環遊世界８８天》，而那本書是郭兆偉國中時期看的課外讀物，意外就變成了郭兆偉父親的最愛。

郭兆偉從事律師工作有很大部分的原因，是因為有著特殊身分的父親，讓他去時常思考一件事的對錯。

他的父親在臨走之前，都還不明白什麼是公平正義，甚至不明白自己到底有沒有彌補被害者家屬，只知道最後他養育了一個能幫助社會的律師郭兆偉。

＊＊＊

上方燈泡的光線穿透玻璃，被鎖在玻璃牆上的掌痕輕易可見。

郭兆偉坐在會客室，把黑色資料夾放在桌面上，旁邊有一隻電話筒。這時囚房會客室的門打開，林昀真從那裡出現，這是他們兩人第一次相見。

林昀真穿著一身灰素素的囚衣，但是依然擋不住那強大的魅力，走路的姿態非常優雅，像是貴族般的登場，但她眼睛所散發出來的是一種和善的眼神。

郭兆偉依照他的經驗直覺的反應，她不是個會犯罪的人。

「謝謝。」林昀真向帶她出來的警察說，聲音親切甜美。

林昀真坐了下來，他們互看了一下，便拿起話筒。

「真是不好意思，沒想到真的能夠請到您。」林昀真帶點驚訝的口氣。

「如果讓這案件這麼判刑了，我相信是對整個司法體系的污辱。今天是來向你確認一些案情。還有，我需要你放棄這位莫名其妙的律師。」

「但是……律師，現在我的錢大部分都被凍結，所以我可能拿不出太多錢……」

「錢可以之後再付，只要能證明你是清白，政府就會把重生者的帳戶打開，你的錢就可以領取。」

郭兆偉細心地說明：「凍結財產這項規定，確實讓很多重生者找不到律師，最後只能任由政府處置。」

「我真不想再讓恩佐擔心了。」

「你要擔心的不只他，還有妳的小孩。」

「律師見過以樂嗎？」

「是啊，他是個非常活潑的小孩。」郭兆偉安慰著她：「他很懂事，也很聽話，請放心。」

林昀真得知小孩的近況後，安心了下來，讓她這陣子的焦慮稍稍得到消除。

「律師你要問什麼？」

「直接從當天晚上開始說起。也就是五月十二號，你和潘伯隆在重生部開會，時間還長達四小時，到底發生了什麼事？為什麼他就這樣死了？」

郭兆偉拿起筆記本準備記下。

林昀真吸了一口氣，一難言的樣子：「五月十二號，我根本沒踏進過重生部。」

這句話讓郭兆偉相當錯愕。

「這是什麼意思？」郭兆偉說。

「當天，一整天，我都在練習室與團員一起練習下個月的表演。」

「等等，可是根據新聞報導和警方的說法，你當天晚上來到重生部，與重生部次長潘伯隆見面討論下半年的行程。因為你不滿重生部次長給你們的壓力，使你預謀犯罪，當晚你使用了氰化物毒害他，之後你像沒有任何事發生一樣回家了，難道不是這樣嗎？」

「天哪！居然可以差這麼多，你真的是在說我的案子嗎？」

郭兆偉從黑色資料夾裡拿出整理的新聞資料，林昀真隔著玻璃就可以看到。那資料可是王英傑和郭兆偉整理一整週的成果，郭兆偉把五月十二號的監視畫面拿給林昀真看，畫面相當清楚，是一位女性穿著牛仔褲和黑色寬鬆的短袖衣服，上衣的背上還有一個非常明顯的雲豹圖騰，是個知名男性服飾品牌的商標。

林昀真看到，完全傻在那裡。

「林小姐，妳還好嗎？」

「郭律師，您確定這是新聞播出來的嗎？」

「沒錯，上面還有顯示新聞台的日期。」郭兆偉說：「妳再仔細看，監視錄影裡的女子，是妳嗎？」

「是我，沒錯。但這應該是上個月的。」

「妳確定嗎？妳怎麼記得這麼清楚？」郭兆偉說。

林昀真皺了皺眉頭。

「抱歉我不是在質疑你，只是想要釐清真相。」郭兆偉遲疑了一會兒說。

「因為那件衣服是恩佐的，我只有住他家時才會穿他那件衣服。」

「你還記得正確的時間嗎？」

「四月八日，那天是恩佐的生日。」

郭兆偉猜想，不是檢方給錯資料，就是早已和新聞台有所勾結。如果是這樣，背後的目的會是什麼？這正是他現在苦惱的地方。會談結束後，郭兆偉回到自己的辦公室，自己下起了象棋，當然只對自己下。郭兆偉常常利用這個方式讓自己釐清思路。王英傑走進郭兆偉辦公室，拿了一件牛皮信封，放到郭兆偉辦公桌上，郭兆偉拆開後拿出起訴書，並和王英傑研究了整個下午，他們從驚訝變到氣憤。

令他們驚訝的是，檢方唯一的證據，是在一個有潘伯隆唾液的茶杯上，有著林昀真的指紋，而生氣的部分是，並沒有檢驗報告證明那個茶杯有氰化鉀的殘留。事實上，在案發現場完全沒有發現任何氰化鉀殘留，唯一有的，就是在潘次長身體裡。檢方的推論是，林昀真已經清洗掉杯子的氰化鉀，就依靠這個完全沒有裝任何氰化鉀的茶杯證據，認定這起謀殺案是她做的。

「一個錯誤的影片加上一個荒謬的證據，這到底是什麼啊？」王英傑氣憤的說。

「這幾年在經歷趙小童案和經濟景氣低迷之後，為了給人民發洩的出口吧。」郭兆偉說。

「趙小童案？就是今年年初，那名研究生殺害鄰居小孩的案子？」王英傑。

「嗯。」

「那個案子好轟動啊！當時我還在國外唸書都聽說了。」

「沒錯。因為兇手算起來是個知識分子，卻預謀殺害了鄰居的三歲小孩。」郭兆偉繼續說：「最可怕的是，那名兇手被逮捕時，不但沒有悔意，還公開對在場媒體說，即便成為重生者，他也會繼續殺小孩。」

「這實在太殘忍了！小孩也有他生存的權力呀！」王英傑氣憤地追問：「他究竟為什麼要這麼做？鄰居跟他有仇嗎？」

「完全沒有。」郭兆偉搖搖頭：「根據一些心理專家的說法，這種心理偏差的人有些是和成長背景有關，有些則可能跟基因有關。」

「如果是跟基因有關，那即使執行記憶死刑，也有可能再犯殺人罪？」

「你說的沒錯！這就是那名研究生的論調。」郭兆偉說：「其實也是恢復死刑聯盟的論調。」

「但是根本沒有發洩，大家還是在質疑執政當局。」王英傑打開一個影片，是恢復死刑聯盟在鼓吹大眾支持恢復死刑。

「民怨只會越來越大，兩方對立必定會加深，因為林昀真可是人氣團體中的女星，完全看不出這是一步好棋。」王英傑說。

「我也看不清楚，但我知道，當民怨四起時，總會有人可從中得利。」郭兆偉說。

這案件造成支持恢復死刑的人數大增，推波助瀾的也包括近年來不佳的經濟數據。

這時正在翻閱卷宗的郭兆偉才一看到檢察官的名字是『高拓』，他深呼一口氣：「這案件要勝訴可變得更困難了。」

第三章 第一次開庭

那木質的陳年氣味，彷彿藏著眾多不可告人的秘事。

「處理好了吧？」郭兆偉站在法庭門前說。

「嗯，他不會來了。」王英傑說。

郭兆偉踏進法庭，這次是他第一次替林昀真開庭。原本要來幫林昀真的律師已在先前的會面後解除了職位。

郭兆偉已經事先查過這位法官，他在司法界非常出名，不是因為他特別公正，也不是他特別恐龍，而是他大多會判出與民意相同的判決，當然這一切還是要取決於證據與法條，所以想要無罪得要有更明確的證據才行，不然法官可是會依照民意的立場去看這件事。

檢方代表，高拓檢察官已在裡面等候多時，等候法官開始審問的程序。

高拓檢察官，人如其名，他身高181公分，臉型方正，帶著圓框眼鏡，皮膚黝黑，整體風格猶如極具包浩斯風格?的工業設計師。他在司法界以俐落的口才出名，替政府打贏許多具爭議的大財團案件，只要他出手，總能漂亮的處理，使大眾怒火得以發洩。政府會把這個案件交給他，是因為潘伯隆毒害事件已經使恢復死刑的支持度上升到百分之四十，是歷史新高，民眾需要有發洩的出口。

這些郭兆偉早已耳聞，他們都是司法領域的佼佼者，相對於高拓，郭兆偉長期替明星、小人物對抗大財團和企業出名，是民事訴訟案的專家。

因為林昀真中途換了律師，法官請高拓檢察官簡述了案件。

「林昀真27歲，是重生者，在五月十二日晚上七點進入重生部，毒殺被害者，並在被害者身體裡驗出氰化物反應，也在現場找到了相關證據。」高拓檢察官說。

「辯方有什麼要反駁的。」法官說。

郭兆偉說：「關於檢方所說的相關證據，有關林昀真的部分，是一個留在小茶杯上面的指紋，不懂這個事件與林昀真的關聯性。加上短短幾天就把所有證據備齊，並在一週內起訴，第二週便開庭，今天是第三週，這種速度真是讓我感動，但卻也讓人想知道為什麼辦案速度這麼快？」

高拓說：「針對郭律師的質疑，茶杯上的指紋可以證明，林昀真把氰化鉀倒進被害者的茶杯裡，逼迫潘伯隆喝。而效率的部分，政府今年在司法上做了整頓，增加相當多的預算，多數案件都相當快速的處理，尤其罪證確鑿的案件，我們會讓流程快速通過，一切都是為了避免浪費司法資源。」

「這說法未免太官方了，我直說吧，難道不是政府為了要平息民怨所以如此快速審理嗎？」郭兆偉繼續逼問。

「我們的辦案速度是為了滿足社會各界對於政府對於司法的期待，現在大家都知道他是個重生者，是壞人啊。我知道郭律師相當懷疑檢察官與執政黨有所勾結，可是我們檢察官隸屬於我國獨立的司法單位，這可是不容質疑的。」

「你剛剛的說詞是『懷疑檢察官』嗎？我可沒有懷疑、質疑檢察官。檢察官可是維持社會公正的神聖職業，我可是非常尊敬檢察官的，但是一個檢查官平均一個月要處理八十多件案子，難免有所疏漏，這也是為什麼我要替我的辯護人好好釐清案件，而且這個證據你不覺得太牽強嗎？一個謀殺案件，唯一定罪的證據居然是一個空杯上的指紋？被害者死前毫無外力的跡象，這個能算是什麼關鍵證據，而且被害者還寫了一封遺書在抽屜裡，還有長期看心理醫生的紀錄，這個根本就是一起自殺案件。」

郭兆偉拿出一份潘伯隆寫的遺書影印本，高拓站起直指郭兆偉那份遺書說。「你確定是遺書？他上面有寫是遺書嗎？」

高拓拿起那份遺書，翻來翻去。

「我完全沒看到遺書兩字，上面寫『希望女兒可以好好長大，我實在沒辦法再繼續下待下去了』，這頂多就只能算是心情抒發，而這期間被害者與他老婆吵架，夫妻吵架是很正常的事。」高拓說。

高拓接著講「在潘伯隆倒下的地方就是在那個指紋的旁邊。當天的會客紀錄上表示，林昀真是在七點十分進入重生部，監視器的畫面也拍到他進入重生部大樓，會見對象是被害者，被害者隔天就死在辦公室裡，這很明顯就是他殺。」高拓說。

高拓拿出會客紀錄的影本出來給法官看。

雙方話鋒一轉，高拓請出一位證人，進行雙方詰問，證人是重生部部長，並由高拓先詢問。

「部長你好，你覺得潘次長在重生部表現如何？」

「他是一個相當積極能幹的人，在任三年間，幫我處理大大小小的案件，是我非常得意的副手。」

「你能不能講出一些事跡出來？」

部長低頭思考了一下。

「實在是太多了，我講一個代表性的，在中部山間的國土開發案，希望多開電廠，我們都知道這個計畫已經拖了十年多的時間，不斷受大地主、舊有工廠、環保人士的阻力。就在潘伯隆接手的第一年，突破性地取得各方共識，重新動工，如今已先行開放部分商圈和電廠教育園區等軟性設施，沒有他我們可能還像三年前一樣，一點進展也沒有。」

「部長我再詢問一題，潘次長有什麼機會能與重生者的接觸呢？」

「我想他唯一能與重生者接觸的部分也只有和重生者團體討論商演活動而已，他非常積極進取，根本沒有可能會自殺的。」

「謝謝部長。」

換到郭兆偉的詢問。

「部長你好，我們都知道你這三年將近四年，擔任重生部部長的期間，為了政府、為了人民做了很多事，也有很多建設，但會不會就是因為你太過嚴格的對待，給了他不可負荷的工作量呢？」

「不會的，一切都是他的工作能力很好？。」

「我沒有問題了。」

郭兆偉律師結束訪問。

緊接著是郭兆偉傳喚的證人，也是就潘伯隆的心理醫生。

「醫生，被害者已經在你那裡治療多久的時間了？」

「大概也有個三年了。」

「醫生，他的病情如何呢？」

「都有在控制的範圍內，我們平均兩週見一次，但是今年見面次數變得很少，大約一個月一次。」

「以你專業的角度，是什麼原因導致被害者的憂鬱？」

「長期觀察下來，主因應該會是工作壓力。」

雖然高拓的表情在外表上看不出任何變化，但明顯可見手上微血管的血流量增大，在法庭上的激烈攻防之下結束了雙方第一次的交鋒。

＊＊＊

當天結束後郭兆偉從法院門口出來，眾多記者看到便快步邁向他。

「為什麼你要替這種人辯護？」一位激進派記者詢問。

郭兆偉聽到了這句話後停下腳步。

「你怎麼知道他是壞人？誰說的？誰判的？法院可還沒有判決下來。」郭兆偉自問自答地回復。

「檢方的記者會指出就是林昀真做的，難道這會是冤案嗎？」激進派記者說。

「剛剛已經很明確的說，法院還沒判決下來，訴訟才剛開始。」

「所以你覺得檢方的控訴有問題嗎？」

「我們才正要開始慢慢證明與釐清真相，一切都要和按照程序來，這些程序和步驟都是有其意義的，不能省略。」

「有許多人認為你不該接下這個案子，你是怎麼看待重生者殺人事件？」溫和派的媒體記者說。

「這是帶有明顯歧視與偏見的案例，我不會讓任何歧視出現在法庭之間，謝謝。」郭兆偉說完後離去。

現場除了一群記者在法院外之外，還有林昀真的粉絲們拿著旗幟在豔陽之下替郭兆偉加油。

「加油，郭律師！」

「林昀真是無罪的！」粉絲們大喊著。

記者們覺得郭律師很無趣後，轉頭開始訪問這群粉絲們。

＊＊＊

Rebirth是政府為了要讓大眾更了解重生者所成立，目的是使大眾不再對重生者有所誤解或是反感，可以說他們是重生者的大使，團員們都是被精心挑選後，再進行整形手術，此團是共有五人的女子團體。林昀真是當中人氣第二高的成員。在這個時代下重生者的生存條件很糟，遭受極度嚴苛的環境，和極不人性的對待，重生者再經歷重新教育後，會被分配三種不同類型的工作，高風險工作、救援性質的工作或高產值工作，有部分人認為，他們本就該死，而剩餘的人生就是要來還債的，因此不把他們當人看。

尤其是郭兆偉父親的那個時代，重生者不論發生什麼事，都沒有任何的保障，他的父親叫做郭慎平。

郭慎平帶著小學時期的郭兆偉到市中心，總會被很多人注視著，因為郭慎平別在胸口上的重生者胸章相當之亮眼。

「為什麼這裡的人總是看著我們？」郭兆偉說。

「因為……」郭兆偉停頓了一下「他們知道我們很不一樣。」

「我不喜歡這裡，我和媽媽來都不會這樣。」

當時郭慎平不理解為什麼他兒子不喜歡被注視，因為他有記憶後都是活在注視之中，不理解那叫做非我族類的異樣眼光。

從那次之後郭兆偉就非常不喜歡和父親到市中心，而郭慎平之後把這件事講給妻子聽，他才知道那是種異樣眼光，但是他外出時又不能把重生者胸章拔掉，所以他只好盡量不帶郭兆偉到市中心。

這樣的狀態一直到高中的時期。

某次郭兆偉下課回家，準備吃飯，郭慎平突然倒地不起，郭兆偉相當慌張，叫了救護車來，把爸爸帶到醫院。

經過檢查發現是腸道破裂，需要住院開刀，所幸緊急開刀相當順利。

安穩休養一個月之後，隔天準備要出院。

「明天我自己回去就好，你不用來了。」郭慎平說。

「為什麼？」

「你好好讀書，準備考試。我痊癒了可以直接回去。」

「我可以來幫你拿東西。」

「我痊癒了可以直接回去。」郭慎平不耐煩地說。

隨後郭兆偉母親私下告訴郭兆偉：「他知道你不想和他一起走在市中心，怕你丟臉，被人知道他是你爸爸。」

郭兆偉此時一股悔意上來，在回家的路上，淚湧了上來，隨著愧疚感一起。不明白養家的父親獨自承受了些他不知道的事，而那些不公一點一滴地流進他心裡，他開始知道他要成為什麼樣的人。

幾年後，郭慎平在病床上離世時，還不明白什麼是公平正義，當時郭兆偉也不明白，為了尋找這一問題的答案，他進入法律系。

＊＊＊

郭兆偉在搭捷運的路上和王英傑聊天。車上的人來來往往如同螞蟻快速移動，擠滿了剛下班的民眾。下午的小確幸就是下班打卡的那瞬間，之後就是在車上與同事閒聊今天主管的惡行以及時事新聞，當然最近最紅的就是重生者犯下殺人的案件。每個在討論這件事的人，都迫不及待的想發表自己的意見，畢竟職場是個不容說出自己想法的地方，在談論時不知不覺也就把上班的不滿一同發洩。他們也聽了很多，不過在車站裡的人無一認出郭兆偉。

王英傑出了車站說。「車上這麼多人都這麼認為林昀真有罪，我們該如何打這場官司？」

郭兆偉說：「剛剛的意見是在捷運裡，不是在法院裡。這就是法院存在的意義。」

很快地，民意調查機構和網路的即時新聞做的調查，都顯示林昀真必須為了這起案件負責任。

王英傑表現思考的樣子。

他們走在路上，王英傑抬頭一看，一張橫向掛吊的廣告牌二樓牆上《郭兆偉律師事務所》，他們終於回到事務所準備打卡下班。

郭兆偉刻意用一段路的時間讓王英傑想這個問題。

打開事務所門的那瞬間，郭兆偉說。「是非對錯，可不是用投票就能決定的。」

這句話灌入王英傑的腦裡後，看似很有道理，不過也就是一句白癡句子，就隨著另一耳朵出去。

第四章 不在場證明

先進電子報專欄報導：『潘前副總統在卸任之後，熱心公益活動，也持續在關注他拿手的兩個議題：一個是環境保育，另一個是女權運動，在潘伯隆的喪禮上可看見兩個群體的人士匯聚一堂。潘前副總統為他兒子潘伯隆做了一個簡單發言，句中沒有任何一句重生者和記憶死刑的字……對於一個備受期待又有能力的人就此殞落，各界人士均表達惋惜與哀慟……。』

王英傑聯繫到了Rebirth的團員鄭綺紅，郭兆偉與她相約在團員練習室，想釐清犯案當天發生的事。在這之前郭兆偉已多次聯絡經紀公司，但是都被拒絕訪問，經紀公司像是把林昀真拋棄完全不予理會。這時郭兆偉突然想起好久之前有個強盜罪是重生者，當時讓社會相當氣憤，是重生者這個群體第一次犯罪。有人認為重生者只要有犯罪，就應該要加重刑罰，也有人認為加重刑罰反而導致關太久，應該是要趕快讓他們出獄彌補一切，甚至有極端的人要他們再度進行記憶死刑，還有少部分的人認為，只要重生者犯了罪就要執行死刑，是有限度的恢復死刑，但這議題僅只是個討論而已，目前根據《重生者法》來看，犯下記憶死刑的犯人，經過重新教育後成為重生者，將會擁有新身分，不再擁有原本的身分。那位重生者強盜最終被判刑20年，民眾大呼叫好，但卻沒有人反思，為什麼他再度犯罪，這個重生者是被公司極度壓榨，讓他連買食物的費用都不夠。

到了約定時間的前五分鐘，郭兆偉等人已在地下一樓的團員練習室外，看到門外鐵門沒鎖，王英傑順手打開第二道門，他們便聞到了一股新木板的味道，他們脫下鞋子走進去練習室裡。這是一間再一般不過的舞蹈教室，有著一整面牆的長鏡子，裡面非常的寬敞，還有一小區是放著壺鈴和啞鈴等基本健身器材的地方。鄭綺紅在跑步機上跑著，穿著運動內衣和運動短褲，她奮力運動的程度，可從衣服上那是濕透的部份看到。

鄭綺紅起身，向律師打個招呼，她身高有一百六十八公分，看似未滿三十歲，與名字一樣，有著一頭暗紅色短髮，是團員中最亮麗的一位，也是團體裡的隊長，很照顧每一個人。

鄭綺紅往門口郭兆偉的方向走去，木質地板上走路所發出的聲音越來越大聲。

「律師，我是鄭綺紅。」鄭綺紅用很明亮的聲音說。

她和郭兆偉握手，郭兆偉可感受到鄭綺紅的手掌溫度和手的力道。

後來他們來到同一棟的一樓，在一家咖啡廳裡，因為是假日有不少的學生在讀書、聊天，還有不少商務人士在工作與談事。

鄭綺紅在運動內衣外披上一件外套，就這樣和他們一起到咖啡廳，她看起來像不拘小節的人，應該說是個非常活潑的人，但也可能是在節目的形象與私下形象的反差，所造成的感受。

在咖啡還沒來之前，鄭綺紅已等不及要說：「昀貞是我最好的朋友，但我們現在被經紀公司禁止發言，一律不能談論這個部分。」

「但是你還是願意出來見我們，不就是你希望替昀貞平反嗎？」

這時鄭綺紅的水果汁已經送上，她玩弄著吸管，顯然心裡有事，她正在猶豫些什麼。

「一般的明星與團體，只要發生各種社會事件，經紀公司都會主動出面協調，尋找適合的律師等等，不會讓他們淪落到使用國家的福利機構《法律扶助基金會》，用上免費的律師，尤其是這種重大事件，律師你怎麼看？」鄭綺紅說。

「你們的性質與他們不同，是國家扶持的偶像團體。照我來看，我是不能接受，國家像是可以隨時把你們拋棄一樣丟掉，好像沒有法律似的，不用經過正常程序就羈押你們，甚至幫你們定罪。」郭兆偉說。

鄭綺紅依舊還在思考中，郭兆偉只能和王英傑互看。

這時王英傑忍不住說：「反正重生者本來就該死，這就是我們一般人的想法。」

郭兆偉用手打了王英傑一下，郭兆偉覺得他實在是太沒有禮貌了。

鄭綺紅抬起頭，把正在喝的果汁放下。

鄭綺紅有點激動地說：「我們成團已經三年多，我一直以為我們已經幫大家……將重生者們的壞形象洗去。現在政府只想要止血，把所有的錯推給昀貞。」

鄭綺紅用了幾口把果汁喝完後，和郭兆偉說出案情，以及五月十二號那天所發生的事。

郭兆偉說：「你們五月十二號晚上在一起嗎？」

「是的。」鄭綺紅說。

「你們在幹嘛呢？」

「她整天都和我們一起在練習室中排練新歌，近期因為我們推出了新專輯，有許多要上的電視節目和簽唱會。現在是我們的宣傳期，但是發生了這種事情，害我們現在停下了所有的工作。」鄭綺紅說。

這是一件對林昀真的案件非常有利的消息。郭兆偉直覺的反應，政府果然正在說謊。

「既然你們整天在一起工作，你們做到什麼時候？什麼時候回家？」郭兆偉細問。

「我們大約都是在10點結束，這是我們當天的行程。」

鄭綺紅拿出行事曆，五月十二號上面寫著：排舞練唱十點到二十二點。

「這能當我的物證嗎？」郭兆偉說。

「沒問題。」

在鄭綺紅用手機拍下行事曆後把行事曆交給了郭兆偉，還說了整天練習的內容和過程，甚至當天是吃什麼食物等等。

「你能當林昀真的證人嗎？做為她的不在場證明。」郭兆偉說。

鄭綺紅想到和林昀真歡樂的生活，毫不猶豫地答應了。

咖啡廳門口進來一位穿著時尚的男子，全身最顯著的就是圍在他脖子上的斑點絲巾，隨行的還有一位穿著灰衣黑褲的助理。他們一進來馬上衝到了郭兆偉面前。

經紀人兩手奮力地往咖啡桌上打下去，以命令的口吻說：「不好意思，我們不方便讓你採訪。」

「等一下，他是來幫助昀貞的律師，他可以幫助我們。」鄭綺紅說。

經紀人不顧鄭綺紅的話，命令助理帶走鄭綺紅。

經紀人氣憤地說，「我不是說過，叫妳們不要發言嗎？」

「先生…經紀人，我們是想要來幫助你們的。」郭兆偉說。

「不了，你們只會幫倒忙。」

「難道你不想讓真相大白嗎？證明你們沒有犯案。」

「在被報導的那刻起，我們就已經犯案了。」

郭兆偉突然不說話，兩手的手掌交錯。這時經紀人準備離開。

郭兆偉露出了微笑說「這是政府下達的命令吧，要你們拋棄林昀真？」經紀人回頭後一反剛剛的激動，冷冷地說，「郭律師，我勸你不要再調查下去，你的行為只會讓大眾更加討厭重生者。」

郭兆偉起身對著經紀人說「我絕對不會讓她走進監獄。」

經紀人搖搖頭，不再理會郭兆偉。

鄭綺紅起身，助理扶起她的手想要把她帶走。但助理的手馬上就被鄭綺紅給拍下。

「郭律師，真的很抱歉。」鄭綺紅說。

鄭綺紅一開始想要擺脫反抗，但和經紀人目視後，看到經紀人如此堅定的神情，還有一旁坐在椅子上看熱鬧的民眾，使鄭綺紅決定離開，但並不想要助理碰她，她自己走出去。

郭兆偉看著經紀人和鄭綺紅慢慢走出咖啡廳，他深深地吞口水，像是準備做出什麼事，做了什麼決定。

第五章　宣傳戰

『一手資料』雜誌專欄：『事件經過了一個月，在網路與電視媒體上依然還是吵的火熱，媒體所做的民調顯示，如果林昀真確認犯下殺人罪，想要讓林昀真處以死刑的比例約百分之六十二，想要讓林昀真被判記憶死刑的人約有百分之三十八。但在另一份民調顯示，社會上想要恢復死刑的人是百分之三十八，支持記憶死刑的有百分之六十，約有百分之二是支持廢除任何形式的死刑。

結論就是基本上人民想要處死林昀真，但是又不想要恢復死刑。為什麼有這種矛盾呢？是哪裡出了問題？試想如果全面恢復死刑的話，將會對人民造成很大的衝擊，因為此時的人們已經習慣重生者所帶來的各種好處……。』

一場振奮人心的模範重生者演講，講者鼓舞台下的重生者去履行他們要負的社會責任，演講結束，幾位記者攔住了這場演講的演講者范文浩先生，他是一位非常成功的模範重生者，這場演講是他這個月的第一場演講。南方電視台的記者就在這時去訪問了他。

記者問：「范先生，你的好朋友林昀真下手毒害潘次長，請問你怎麼看？」

范文浩挑起了左邊的眉毛，表現出不可置信的表情。

「我所認識的她是不會做出這種事的。」范文浩吐了一口氣說。

范文浩知道這是件嚴肅的事，他的頭腦試著辨別說什麼會是危險的，盡量避開不談。

「以我之前在和她合作的經驗，她是一位想要為這社會做些什麼的人。她一年貢獻給重生者基金三百多萬元，這還只是基本的稅收而已。此外，她還領養小孩，我實在很難相信這麼愛小孩的她會這麼做，我就只能這樣說了。我想最後……只能說相信法院的專業判斷。」

范文浩也是位重生者，在經歷政府的重生改造後，成為了海巡救難隊隊員，救過三十多人，多次被政府表揚，成了模範重生者，是重生者和一般人都敬重的人物。

模範重生者有一個權利，就是可以知道過去自己犯下的罪，當他得知自己曾是連續殺害兩名嬰兒的窮凶惡極之人後，他有好長時間陷入低潮，他開始不相信自己，甚至認為那是政府為了要壓榨他所編的謊言。世界就像是幾天前所創造出來的一樣，包含他的過去也一起創造了，但是他突然問了自己一個問題，「為什麼我還活著？」

這時他明白，不論歷史如何，已經不可逆轉，可以逆轉的是現在和未來。

他面對了這件事，召開記者會公布他之前所犯下的罪刑，社會大眾非常震驚，而他本人以為會有人開始對他產生負面觀感，但意外的是人民反而更加信任這是一個成功的制度。

＊＊＊

一支麥克風在蔡老奶奶面前。

「她常常來幫我拍背翻身，還會跟我聊天，人很好耶！」蔡老奶奶說。

一支麥克風在莊老爺爺面前。

「你說誰啊？」莊老爺爺說。

看似有人先問了老爺爺一些問題，旁邊的老人安養院員工悄悄地提示他。

「喔！是那位美女啊！她常來和我下棋。」

「那你高興嗎？」記者再次詢問莊老爺爺問題。

「什麼？」莊老爺爺聽不清楚。

安養院員工再次重複的問題的對話。

「哦…我當然很高興啊。」莊老爺爺高興地回答。

一支麥克風在林伯伯面前。

「她一個月來兩次，對我們真的很好，她是不可能做出這種殺人事，我看人很準的啦。」

記者站在老人安養院門口，很端莊地走向螢幕前面。

「這是林昀真的日常，她只要有時間就會在這裡照顧年長者們，這些年長者也都很感謝林昀真的關心和照顧。絲毫不敢置信她會是個殺人兇手，反而是一位成功的重生者。」記者說。

『重生部次長遭殺害事件』發生一個月後，關於林昀真另一方面的報導慢慢出現，包含從前沒人關注的新聞也開始被慢慢挖出來。

＊＊＊

書桌上的鉛筆盒裡有幾顆溼溼的香菇，還帶著刺鼻的味道，那是林以樂的鉛筆盒。林以樂回到位子上後，看到他的鉛筆盒被人糟蹋，他看到其中一位男同學笑的特別大聲，認為就是這個同學的惡作劇，忍不住脾氣，就衝去揍了同學一拳，其他同學隨之鼓舞，他們倆就打了起來。

不久後，張恩佐接到了電話，是學校老師的通知，林以樂和同學打架，弄傷了同學，對方家長已經來學校了。他放下手邊正在烘焙的蛋糕。雖然不知道是誰對誰錯，但總要先賠罪，帶個東西比較和氣，他便拿了店裡最貴的八吋巧克力蛋糕趕到學校去。

空曠的小學會議室裡有老師、林以樂、被打的同學和他的媽媽，以及張恩佐，還有幾名目擊同學和他們的家長。

「你看他的腳，你看看！這樣他要怎麼走路？以後要是留疤怎麼辦？」被打同學的媽媽拉著孩子的褲腳，露出小腿上的傷痕，用一種誇張、極度酸人的方式講給在場的人聽。

「唉呀！幸好他是男生，不用介意疤痕。」一旁目擊同學的媽媽時不時又會補幾句話。

「真的很對不起！」張恩佐幾乎把整個身體呈現快九十度的彎腰，不斷地賠不是：「這是我店裡最貴、最好的巧克力慕斯蛋糕，表示歉意請您收下。」

但這位媽媽顯然不想這麼快原諒他們。即便她拿到蛋糕時嘴角瞬間上仰，又瞬間恢復沒有任何表情的臉。

老師則是站在不希望事件鬧大的立場，因為林以樂的母親身分特殊，怕鬧大後影響聲譽，導致學校與自己的考績不好。急中生智之下，老師當場命令林以樂向同學道歉，想平息這位難搞的媽媽。起初林以樂不覺得自己有錯，拒絕道歉，但是張恩佐在他耳邊輕輕說了一句話：「乖，不要讓媽咪替你擔心，而且，我們不跟無理的人計較。」

林以樂聽了，雖然心中不甘願，還是勉為其難地向同學道歉了。這位媽媽臨走前還是相當不滿足，又講了一句：「殺人犯母親怎麼教得好孩子呢？」這話徹底傷害了林以樂了，表面上看似平靜，其實手握住了憤怒。

回到家裡，張恩佐問林以樂為什麼做這件事。他告訴張恩佐，下課的時候大家都在罵他是殺人犯的小孩，一開始有向同學解釋，只是沒有人願意聽，直到後來同學的家長都知道，班上其中一位同學就是林昀真領養的小孩，紛紛叫他們不要接近林以樂。

同學當然受到家長和新聞的影響，認為林以樂的媽媽很可惡，這些自以為正義的小孩子，轉而想要懲罰林以樂，從小孩的無心之話，到惡整林以樂，這樣的情形已經持續一段時間了，只是林以樂為了不讓爸比和媽咪擔心，都默默地忍下，直到這次才爆發出來。

隔沒幾天，這個消息不知道是被誰傳出去，被新聞媒體報導出來『林昀真養子被同學霸凌，只因為媽媽是兇手？』新聞出來後，看不下去的各界理智分子們，如一盞盞火光浮出，聲援這次的事件。民眾在網路上一面倒地撻伐林昀真的同時，網路上出現了反制的聲音，一股有別於民粹式的訴求，是一種複雜、深度的多面思考，並反擊過度擴張的正義，反擊簡單的死刑訴求。

另外一方面，林昀真少了大量的粉絲，留下來的死忠粉絲想盡辦法為自己的偶像護航，有人整理了幾處可疑點，整理重點後製作成懶人包，放在網路上各大社交平台，但多數人不願意看完，不然就是針對某些點進行攻擊式的留言，直到這次林以樂被霸凌的事件爆發出來，越來越多人願意理解。

郭兆偉認為，這是為林昀真公開辯護、尋求社會大眾支持的好時機，於是召開記者會。平時顯得寬敞的會議室，今天擠滿媒體和各個社會團體的代表，郭兆偉坐在長條桌的正中間，坐在一旁的是張恩佐和王英傑。郭兆偉拿起事先擬好的稿子，以穩定、略帶感性的語氣唸著：

「首先，林昀真作為一個重生者，她相當盡責的完成政府給她的責任。每年繳出將近三百萬元的稅，不知彌補多少的被害者家屬，養育多少弱勢，這數字超越多數重生者。」郭兆偉看著稿子，非常熟練，也恰到好處的聲調，全靠的是他一直來的經驗。

「第二，她每個月私下都會安排行程參加各種公益活動，像是安養院陪伴老人、淨灘活動、育幼院陪讀等等。第三，因為工作忙碌的關係，她沒有時間思考結婚問題，但是她已經領養一個孩子，也有一位感情非常好的男友。最後，在還沒完全調查結束前，還沒有確定林昀真是否真的有罪時，請不要遷怒至小孩以及相關親友。小孩絕對是無辜的！」

郭兆偉講到這裡，看了張恩佐一眼，決定不再照著稿子唸。

「各位，我想請大家睜開眼睛看看最近幾週發生的事情。請問，這是社會的正義嗎？這是群眾的正義嗎？這是網民的正義嗎？當正義變得一點也不嚴謹，沒有任何程序，正義的陷阱就會浮上來。正義就會變成無限上綱的暴力，公平與法治才是唯一的解方。」

郭兆偉講完演講稿後，閉上了眼睛，彷彿把最想講的話講完，得到了滿足感，與張恩佐一同離場，不讓記者發言。

剛剛脫序的演講，王英傑早已聽膩，每當辦公室有人在抱怨為什麼規則這麼多、這麼複雜或是法條這麼不近人情時，就會聽到郭兆偉說『這些嚴謹的程序就是為了避免大眾落入正義的陷阱。』

他們走出會議室後，郭兆偉轉向王英傑說「幹得好，一切都很順利。」

其實這一切打從郭兆偉接到案件後，就命令王英傑去進行一個計畫。

社會上對林昀真案件已有先入為主的既定印象，帶領民意的風向球由支持檢方轉到支持林昀真這邊就是王英傑的工作，要讓林昀真的形象由負轉正是一件難事，不過對於幕後的操盤者郭兆偉來說，他對於社會上的觀察，想要讓價值轉彎，就得讓這主流的價值碰觸到極限，碰觸的力道越強，價值反彈力量就會越大。於是王英傑就照著郭兆偉的計劃進行，因為社會的聲音會越往負面走，他們根本不用做多少事，只需要最後來一個嚴重的碰壁計畫就行，所以他們開始埋下伏筆，請相關領域的德高望眾人士講好話，付錢讓記者報導好事，這些動作不宜太大，最後一個階段，也是最關鍵的一步，花錢請人假裝欺負林以樂，當然這一切張恩佐和林以樂都不知道，郭兆偉就像是一個高明的編劇，一步又一步地鋪陳，最後導到他想要的結果。

第六章　監視畫面

想打贏官司可不能只藉由高聲望來決定，雖然支持林昀真的聲浪已經起色不少，但天秤只不過是平衡而已。人類的基因或許從很早開始就已經有著強烈的報復慾望，現在社會的人可能都是那些有著報復基因的後代，即便如此，法條依舊在，因為法庭要的東西是證據。

郭兆偉也明白，證據才是他真正想要的東西。

一整週下來，郭兆偉和王英傑不知已經打了多少通電話給鄭綺紅。

郭兆偉從上次鄭綺紅被經紀人帶走後，就沒再見過面，應該說郭兆偉打一通電話給她，她只簡單的回復一句話：「我不能再幫你任何忙了。」就把電話掛了。

之後的一整週，鄭綺紅把郭兆偉和王英傑的電話都封鎖了，無論怎麼打，都直接切斷，不死心的他們徘徊在經紀公司的大樓周圍，想辦法接近她。不過鄭綺紅總是可以找到空隙離去。

既然她已經不再提供任何的證據，不能總是把時間耗在她身上，只能在另想方法證明林昀真的清白。

「如果鄭綺紅不能來當我們證人，我們下一步該怎麼辦？下周又要開庭了。」王英傑說。

「回到我們的爭執點上。」

「雙方爭執的部分嗎？我想想。」

「你能判斷出這個案件真正的爭執點嗎？」

王英傑眼神往右上飄移，正在使用左腦思考問題。

「為什麼林昀真的指紋會在桌上和杯子上？」

王英傑抓抓頭，思考一下，開始推測。

「林昀真是否進入重生部毒害潘伯隆？」

「不是。」

「林昀真是否有在五月十二日進入重生部？」

「沒錯，這就是能夠判斷林昀真有罪或是無罪的關鍵所在。」

「如果林昀真當天根本沒有進入重生部，就不可能是她犯案，也能間接證明指紋可能是之前留下的。」王英傑繼續往下推論：「不過誰會是兇手呢？」

郭兆偉相當高興，王英傑能夠自己推導到這裡。

「你能想到這個問題，很好。但這不是我們的工作，是司法單位的工作，是檢察官的工作。」郭兆偉說。

「我們的工作是確保我們的被告受到保障和合理的對待。」

王英傑雖然對於之前郭兆偉吩咐他去操弄社會輿論走向的工作，帶有負面觀感，但同時又佩服他的理念想法，不過此時的他還不知道郭兆偉是重生者二代，對於公平正義有不一樣的見解。

「現在我們已經有Rebirth當天的行事曆證明這件事，但是沒有鄭綺紅的出庭指證，還不夠有力量。現在要去一趟現場，先弄清楚當天的監視器到底拍到了什麼。如果林昀真說的話是真的，那就能證明檢方疏失或是說謊。」郭兆偉說。

郭兆偉重回重生部大樓的案發現場，潘伯隆的辦公室外依然圍著封鎖線，有一位刑警坐在辦公室外駐守，避免有人更動辦公室的擺設，破壞了現場的證據。現場並沒有什麼特別的地方，就和上次郭兆偉來時沒什麼差別。如同檢方拍的照片一樣，也和自己拍的照片一樣。

假設林昀真當天是在經紀公司的話，監視畫面就不會出現她，但是新聞上卻有她從重生部大樓進入的畫面，而在第一次郭兆偉與林昀真會面時，已講得很清楚，那是在一個多月前的監視影片。

郭兆偉詢問大樓的保全部主管。保全主管表示，監視器運作始終都很正常，每一小時錄一個檔案，每天也都會將前一天的錄影備份，按照日期和時間，一天一個資料夾，每天的資料夾裡都有二十四個檔案，存在重生部機房資料庫裡，以便備查。郭兆偉向保全部主管表示，他是林昀真德委任律師，需要調閱監視錄影檔案。保全主管的目光瞬間閃過一絲絲的猶豫，卻也沒說什麼，接著便交代一名保全人員將他們帶到機房。進入機房資料庫前，必須通過層層把關，起出是刷卡，之後是指紋辨識、臉部辨識，最後是眼球辨識。很顯然地，此處的資訊安全和保密工作做得非常嚴密。但是當他們來到了重生部的機房資料庫，請資料庫管理員協助調資料，嘗試調閱五月十二日發生的影片時，兩個人當下全都傻眼。

電腦螢幕上，資料夾從最外層的年、月、週、進到每日，從三個月前的檔案排列到昨天。資料夾裡每一個檔案都按照日期排序。管理員按照王英傑的指示打開五月十二日影片資料夾裡的第一段影片，發現整段影片全都是『雪花』！

「靠！怎麼會這樣？」王英傑一不小心說髒話，便把那髒字講的很小聲而且短促。不過還是被郭兆偉聽見，狠狠瞪了他一眼。

「別緊張，再看看其他段落。尤其是晚間七點到十點之間的。」

王英傑請管理員將五月十二日晚間七點到十點的影片調出來用16倍速播放，沒想到三段監視錄影也一樣都是『雪花』。王英傑不甘心就此罷休，索性要管理員將五月十二日當天的、還有五月十一日和五月十三日的監視錄影檔案全都調出來，一一審閱。

兩個小時過去，管理員已經累得失去耐性，索性要王英傑自己操作，管理員則跑去一旁沙發上倒頭就睡。這三天的影片都看過一遍，已經是第二天清晨。但是一夜的努力只換來更大的失望：五月十一日和五月十三日的錄影都是正常的，唯獨五月十二日，一整天的錄影內容全都是『雪花片片』。

「怎麼會這樣？！」王英傑累得眼圈泛黑、哈欠連天。郭兆偉則是摘下眼鏡，一邊按摩著痠痛的鼻樑，一邊閉目沉思。

管理員正好一覺醒來，發現他們兩人都還在。

「你們到底找到資料了沒有啊？」管理員說：「白天班的馬上就要來了，他可沒那麼好說話喔！」

「你醒來得正好。」郭兆偉問：「請問……影片都是雪花，問題可能會出在哪呢？」

「我們這裡的資安管控是非常嚴格的。」管理員：「前一天的錄影一定要在第二天上午十點前完成備份。而且，一旦完成備份，任何人都沒有權限更改或刪除。」

「所以，換句話說，影片進來得時候是怎麼樣，你們這裡儲存的就是怎麼樣，對吧？」

「對的，包括我們幾位管理員和保全部主管，都沒有權限做更改。」

「哦？」王英傑突然覺得問到了關鍵：「那誰有權限？」

郭兆偉和王英傑兩人對看了一眼。

「這是檢方搞的吧……？」王英傑衝口而出。

「不要亂說！」郭兆偉向王英傑使了個眼色，提醒他，旁邊還有管理員這個外人在場，郭兆偉知道他必須冷靜，但內心已經咒罵高拓檢察官一番。

「冷靜，我們還不知道發生什麼事，張恩佐生日什麼時候？」郭兆偉說。

「我看看，是四月八日。」

他們調了四月八日的影片出來，快轉到傍晚時，果然和電視新聞的畫面一樣，一件非常穿著牛仔褲和黑色寬鬆的短袖衣服。

這是非常奇怪的事，假設高拓檢察官移除了五月十二日的影片，那四月八日的影片也該移除才對，才不會露出馬腳。

一個巨大的問號已經出現，現在除能假設各種的可能之外，更重要的是現在能做些什麼？當下，郭兆偉決定前往經紀公司，查看經紀公司監視器的畫面，反正，這個時代哪裡沒有監視器？一定能查出些什麼。

王英傑來到經紀公司所在大樓的大廳，與警衛閒聊，希望能增加一些好感度，好讓他們在要求查詢影片時能夠順利一些，好在王英傑非常外向喜歡交朋友，馬上和這位年輕的警衛打成一片。

「我這次反而相當期待法國隊在這次世足的表現。」王英傑說。

「連這個也和我的觀察一樣。」警衛驚訝地說。

就這樣閒聊足球賽了聊了快十五分鐘，警衛突然想起什麼。

「帥哥，請問您來這裡要做什麼啊？總不會是專程來陪我聊天吧？」警衛問。

王英傑只好硬著頭皮說明來意：「我……是這樣的啦！我是想調監視錄影檔案啦！」

「監視錄影檔案？」警衛說：「可是我們這裡很多明星藝人進進出出，非常重視隱私，所以主管交代，監視錄影不可以隨便給人看耶！」

「我不是隨便什麼人，我是林昀真的辯護律師。」

「你是林昀真的辯護律師？」警衛眼睛瞪得大大地看著王英傑。

「是的。」王英傑有點心虛地說。

「早說嘛。」警衛轉身找尋桌上的鑰匙：「來吧。」

一直在大樓門口等待的郭兆偉，看到王英傑對他比出OK的手勢。也就跟著進去了。沒想到，在好心警衛的協助下，他們居然輕鬆地跳過了大樓的委員會、副主委，以及大樓總幹事等等關卡。

「沒想到你會這麼熱心的想幫助我們。」郭兆偉說。

「那是當然的，林昀真是個好人，是這裡少數願意和我們警衛聊天的人。每天上班一句『早安』，下班一句『晚安』。有時還會送點心給我們，我們可以感受到她那份真誠的尊重。所以，新聞報導出來的時候我們都很震驚。」

就是這個原因，警衛才願意幫他們一個大忙，不必等候這麼長的時間，一一通過各個層級和關卡。警衛帶他們到放置監視器影片的大樓管理室門口時，再度確認了一次：你們真的不是來偷窺明星的吧？」

「當然不是。」王英傑還拿出學生證給警衛看。他們就像是一見如故的老朋友一樣，還相互擊掌。

「郭律師，我知道你，不用證明給我看，我爸一直很愛看您的節目。」

「謝謝。」

警衛打開資料室的門，幫他們調閱影片。「你們要看哪一天的影片？案發當天的嗎？」

「對，那天是五月十二日。」

「已經超過一個月了，我們的監視系統伺服器只能存一個月的資料量，一個月之前的會用硬碟存起來，我找找看。」

警衛打開檔案櫃，找尋硬碟存放的位置。

「奇怪？才上個月的資料，應該就是這一櫃，怎麼沒有呢？」警衛站在資料櫃前不斷地翻來翻去，逐一審視每個硬碟。

翻找了幾分鐘之後，警衛皺著眉頭說：「奇怪，你們要的那周資料不見了……」

「不可能吧？」王英傑說。

警衛拿出其中一個硬碟，向郭兆偉和王英傑說明：「你們看，這硬碟上面的日期都是以一周為一個單位，而且都是從週一到週日，總共七天，像這一個就是四月二十九號到五月四號的錄影。」警衛繼續說：「奇怪的是，每周的硬碟都在，就是沒有五月十二號那週不見了。」

郭兆偉和王英傑也露出無法理解的表情。

「會不會被放到別的櫃子了？」郭兆偉說。

「我來幫忙找看看。」郭兆偉說完便打開另一個檔案櫃。

「我去看另外一個櫃子。」王英傑說。

「有可能會是忘記錄嗎？」郭兆偉說。

「不可能，每月最後一天值班的人都會把影片複製備份出來。而且隔天值班的一定會檢查，這次檢查的是我。」警衛說。

「那有沒有可能當天監視器壞了呢？」郭兆偉問。

「我來查一下五月十二日警衛中控室的報告。」警衛著走到另一個櫃子抽出一份文件查閱。

警衛翻了一會兒之後。

「根據當天中控室警衛的工作記錄，所有監視器都運作正常。」警衛說。

「這就怪了……既然當天監視器沒壞，而且你當天也檢查過內容，都是正常的。硬碟怎麼會不見呢？」郭兆偉正說著，警衛抽出另一本資料。發現了一件事。

「咦？鄭綺紅有來借過東西……」他看一下借閱表。

「鄭綺紅來過？什麼時候？」郭兆偉問。

「不過她是今年年初來的，她那時候是來找一個練習的道具。」警衛說。

「那應該這件事沒關吧？」王英傑判斷。

他們逐櫃地翻找，找了好一陣子，把整個資料室都翻遍了，仍舊沒有找到五月十二日的任何錄影資料。郭兆偉覺得，這一切都太巧合，重生部的影片不見，經紀公司大樓的影片也不見。

「要找四月八日的影片嗎？」王英傑找到那存放著四月八日影片的硬碟。

「好。」郭兆偉現在是認為多看一點，即使沒幫助也無所謂的心態。

正如林昀真郭兆偉所想，四月八日的影片中她的穿著之後，他們感謝了警衛便離去。

王英傑在駕駛座上說。「四月八號的影片，林昀真穿著與當天去重生部一樣。」

「是阿，對照時間來看，早上先到經紀公司，下午就去重生部，應該是同一天沒錯。」郭兆偉說。

「為什麼五月十二號案發當天的影片都不見呢？還留四月八日的證據，去證明新聞播出的畫面是錯的。」

「我們只能猜想五月十二號，絕對是非常關鍵的一天。有很高的可能是檢方他們動的手腳，為了不讓人查看。我可以這麼推論，因為那天林昀真根本沒有到重生部，所以要把影片移除。」

「這樣就能抹去能夠證明她無罪的關鍵。」王英傑說。

「是的，重點是為什麼要這樣對待林昀真到這樣的地步？」

第七章　被害家屬

電視台記者說：「林昀真在成為重生者的五年間，已經貢獻出一千多萬的稅收，這個金額等同於五十名受害家屬一整年的賠償金，或是六百五十位孩童在學校十個月的免費午餐……」

坐在柔軟的沙發上面，一位難過掉淚的女士，劉維恩，她不明白為什麼一個殺人兇手還能被歌頌，彷彿世界沒有的任何一點正義，即便是最高刑罰也不過就是消除記憶而已，而她卻永遠承受這件事的痛苦。

她站起來想要倒一杯水，一隻手扶著桌子，另一隻手扶著微凸的肚子，行動緩慢。她不到三歲的女兒，已經幫媽媽倒了水，從廚房慢慢走來，茶杯中的水不停地製造大大小小的海浪。

「媽媽水來了。」一個很稚氣的聲音。

「乖，真懂事。」坐在沙發上的高拓說。

「乖，妳去房間玩，媽媽和叔叔談事情。」劉維恩對女兒說。

她的女兒把水放在桌上後，就跑去房間玩自己的娃娃了。

劉維恩癱坐在沙發上，眼神呆滯不動。「你還記得我結婚幾年嗎？」

「四年嗎？」高拓說。

「不到四年。」劉維恩說。

在客廳最醒目的櫥窗上，放著劉維恩和潘伯隆的各式照片，有結婚照還有生活照等，從只有兩個人到加入了一位小女孩，不久照片裡的劉維恩的肚子又大起來。

「你懂嗎？我們所有的一切才剛要開始而已。」劉維恩問。

「嗯，我懂。」高拓淡淡地嘆口氣。他知道現在的劉維恩是需要人陪伴的。

「不懂為什麼電視新聞上在講她多麼的好，為國家社會做出這麼多，如果這麼好，那為什麼一個月了，我還等不到她向我道歉，到底潘伯隆為什麼會死？」劉維恩講的越來越大聲。

劉維恩想起幾年前，潘伯隆好不容易當上了重生部次長，已經貴為次長，還是天天帶著她去上下班，帶著小孩去育幼院。但是次長的工作量越來越大，使她想去學開車減少潘伯隆的辛勞，不過潘伯隆不願她去學開車、去工作，因為他怕劉維恩忘東忘西的個性，開車會太危險。潘伯隆說：「以後靠我就行了。」讓劉維恩很感動，願意為他辭去工作帶小孩。

「現在一切都由我來，他說明年等孩子生出後，我們要一起去出國，我說這樣很貴，小孩長大沒有記憶的，他很堅持，他說他從沒有和家人一同出去玩的經驗，媽媽很早就離婚，他是跟著爸爸。他說這次會是我們全家第一次出遊，一定要⋯一定要⋯⋯。」劉維恩說到最後停止不了啜泣。

高拓拿起衛生紙遞給她：「潘伯隆是我大學死黨，我與你一樣痛苦。現在是我們要一起奮戰的時候，我會一直站在妳這邊。」

「高拓，謝謝你，為了我們，你還積極爭取這件案件。」

「應該的。」

高拓接著說。「我想了解一下，他前陣子的心理狀態，還有他與Rebirth團員間的關係，妳知道些什麼？」

「從前年開始，他就常常晚歸、出差，除了比較累之外，看不出什麼特別的。」

「你知道他的主要工作是什麼嗎？」

「他是負責重生者就業部門的最高負責人。對了，他最近好像接到幾個大財團與政府的開發案，需要協調很多重生者去工地工作。我也不明白怎麼會跟偶像團體有什麼恩怨，為什麼我丈夫遇上這種事？他還有大好的前途。」

高拓拍拍她的背，安撫她。

電視新聞已經報了二十分鐘有關林昀真的報導，今天稍早林昀真的粉絲上街抗議遊行，控訴媒體刻意抹黑，指出媒體在最開始報導林昀真使用氰化物毒害潘伯隆，那個裝著氰化物的容器已經找到，但卻沒有林昀真的指紋。

劉維恩已經聽不下去，把電視關掉。

劉維恩頭低低的。「現在潘伯隆在哪？之後我還可以靠誰？我做錯了什麼？以後要怎麼跟我的小孩說，爸爸是被謀殺的。而我連屍體都沒看到，現在還要被解剖。」

她的哭聲傳到了她女兒的耳裡，她很不穩的走了出來，走到媽媽的身邊：「媽咪乖乖不哭。」劉維恩摸摸女兒的頭：「只要能讓她受罰，要我做什麼都可以。」

劉維恩的一番話，又刺激了高拓心中那沉睡已久的正義之心。

「我向妳保證，我一定會讓殺害潘伯隆的人受到應得的制裁。」高拓承諾。

高拓明白媒體戰的重要，也清楚這波讓林昀真的聲勢提高的操盤手就是郭兆偉，目前看似認為林昀真無罪的人與認為她有犯罪人的比例是差不多的，但高拓希望整體氛圍還是要偏向有罪，這樣對他才有利。

高拓拿起手機：「喂，小杜。我是高拓。」

「拓哥，什麼事？」

「你可以幫我安排一個人上《另一個新聞》嗎？探討這件毒害案與重生者制度。」

「當然可以，沒問題。」小杜爽快地答應。

＊＊＊

《另一個新聞》是傾向恢復死刑立場的政論節目，電視台也是支持在野黨的。電視台的人氣與支持度本來都不是太高，尤其是重生者制度已經運行將近半個世紀，有不少重生者已經在部分領域有著顯著的地位與貢獻，也有了許多成年的重生者二代，整體社會是擁抱重生者制度、支持記憶死刑的。《另一個新聞》屬於非主流的聲音，但隨著執政黨執政失敗，越來越多毫無人性的殺人案件，讓《另一個新聞》的收視率有緩緩上升的趨向。

「政府向我們保證過，會讓重生者經過多又嚴格的教育，但居然還不能把他們訓練好，整個政府的螺絲已經鬆掉。就是因為不再有任何把關的能力，才爆發出這種重生者殺人的案件。」一位頭髮稀疏的王立委說。

「這不禁讓我想起，以前還有死刑的時候，重大要犯被判死刑，還給死刑犯幾年的時間，藉由上訴等管道確認完全沒有誤判，這時才會處決，死刑制度是一個可以給被害者家屬公道且又安全謹慎的制度。不明白現在制度有哪裡是好的。」資深政論評論家林峰奇說。

劉維恩中途入座，主持人跳到下一個話題。

「我們今天請到了受害者潘伯隆次長的遺孀劉維恩女士來到了現場，劉女士妳好。」

劉維恩面無表情，輕微的點點頭。

鏡頭對準了她，她身穿白色連衣裙，黑色直髮，雙手無力的下垂，化妝師雖然為她化了淡妝，仍舊掩不住她憔悴的神情。

主持人說：「案發到現在已經過了一個月，想必妳一定是經歷了我們平常人不敢想像的痛苦，我們知道妳一開始時不願意接受任何採訪，直到現在，是什麼原因改變了你，讓你想要接受採訪呢？」

劉維恩停了一秒鐘，在一個快速辯論講話的節目裡，只是一秒，時間卻像是拉長了好幾倍。

「起先，我一直覺得這個社會能夠給我正義，發生這種事的當下，我覺得很無助。我不認為媒體是在關心我們，你們只是想要有個聳動的標題，所以我不想要讓媒體報導我們的事，不想看到我的丈夫潘伯隆一直出現在電視上，或者往後有任何案件發生的時候，又把潘伯隆拿出來討論，我只想要恢復像過去的生活。」

劉維恩停了一下。一旁的主持人原本想把話題帶走，導播卻透過無線對講機要求所有攝影師都將鏡頭對著劉維恩，希望她繼續講。

「但是我看到很多人居然在幫她說話，很多電視台居然說她為社會做了多少貢獻養活多少人，大家都在歌頌她。你們知道每天我看到這樣的新聞有多痛嗎？她的貢獻跟她殺人是兩回子事，我很想知道大家的良心在哪?你們搞媒體的良心在哪?」劉維恩面對鏡頭,愈說愈氣憤。

「我相信,這不是我們電視台會做出的事。你提出了一個我們很值得思考的問題,她的貢獻跟她殺人是兩回子事。我用另外一種說法講講看,就是重生者所做的貢獻是否可以彌補被害家屬?這個問題先問問趙老師,趙老師你會怎麼看?」主持人說。

「其實這是一個很簡單的問題,我們回到最初的問題,一個人的生命價值是否可以被金錢所衡量?如果不行,當殺人這件發生時,金錢的彌補對他們來說,會很重要嗎?或許我們所做的一切都不能夠彌補。當悲劇發生,我們只能降低傷害並爭取所有人的最大利益。回到重生者的制度上來看,這些重生者充其量只能說是在彌補過去的錯誤,她本來就該做,做一輩子。重生者所做的貢獻可不是為了現在,是為了過去的錯誤。而且本來也不能用金錢去彌補殺人這件事,因為人不能被金錢衡量。如果恢復了死刑,我們就不用思考這麼多事,就不會像記憶死刑一樣從一個問題,延伸出去變成其他更多的新問題。我還是要向政府呼籲,恢復死刑的必要性,不要再罔顧人命了,只能說善良百姓要自求多福啦。」趙老師非常激動的說。

「張委員,你要做些回答嗎?」

「其實我知道在大家約我來的時候,我就知道大家是來與我一戰的。我先回答王立委所說的,重生者和過去的他已經是不同的人,在記憶消除的同時,人格已經死亡,你怎麼可以把他還是一般人的時期犯的錯,和他已經是重生者時所犯的新錯誤混為一談呢,他們就像一般人一樣,是人就會犯錯的,而且他們的自律力高。」

「根本就是謬論啊!」王立委搖頭冷笑:「她們明明就是同一人,假如當時殺了她,她就不會再殺其他人了，你們腦筋不清楚。」

「在法律上來說他已經是全新的人，他不能找回過去的親人和……」張委員還沒說完話，就被王立委搶話。

「問題是如果當時殺了犯人，是不是就不會有新的受害者了？」

「事情不是這樣講的。」張委員試圖辯解。

「我們現在的問題就是這個嘛！如果當時殺了犯人，是不是就不會有新的受害者死掉了？」王立委有些盛氣凌人。

「你要給我時間好好解釋啊！」張委員委屈地說。

「你說的話，我們聽不下去嘛。好啦，給你說啦。」王立委。

「好，我們所有人都不要再插嘴，給張委員好好說。」主持人說。

「感謝主持人！我就好好地說完。一個人從出生到二十歲，至少要花費八百萬。這個時候因為他殺了一個人，政府就認定我們投資失敗，要用一顆子彈殺了他，這對社會是沒有益處的，換言之，政府的投資立刻變成負債，負五百萬嗎？不是！絕對超過五百萬！因為還要算上受害者賠償金。受害者賠償金難道要政府出嗎？還是要加害者家屬出？其實都不公平。加害者既然是個完整的軀體，還是可以運用的。而且重生者制度既符合死刑與也滿足廢死立場，而且比兩者都更好，記憶的消除等於人格的死亡，不能找回過去親友，要完全隔絕關係，賺到的薪水還要彌補被害者家屬，還必須要聯誼組成新的家庭，穩定社會，另一方面，最重要的是，人沒死，所有的誤判都有機會挽回，降低了冤獄、冤死的機率。」

「這是一個老議題、老謊話，世人不知道還要被你們騙多久！重生者制度，所謂的滿足死刑與廢死，根本就是選自己的想要講的地方說，記憶死刑根本就是一個巨大的謊言，並沒有真的解決犯罪問題。」王立委又忍不住放炮。

「你說哪裡有問題？」主持人問。

「邏輯有問題啦！我就用你的邏輯去講，記憶不見，是人格死亡，那你怎麼說『人沒死，誤判有機會挽回』，死刑立場要的是結束這個人的生命，不是人格死亡啊。我不是支持廢死的，但廢死人士認為記憶死刑把記憶抹去後，這個人已經不是人了啦，就算誤判後找回親屬，他也已經沒有記憶了，根本已經是不一樣的人了，所以說你們這樣會產生更多問題，你們不能挑自己想說的地方講。」

「你為什麼說『這個人已經不是人了』，我反問你？」

「因為他們活得很辛苦，還要被政府洗腦。」

「對啊，這不是恢復死刑想要的嗎？懲罰他們，讓他們處在糟糕的生活裡。」

「好。我們來看看是什麼樣的原因，導致人民開始同情林昀真？我們看一下報導。」主持人說。

政論節目切換到之前在新聞台的片段，報導有關林昀真養子被學校欺負霸凌的事件，節目的後半段，是講潘伯隆的政績，各個名嘴炮口一致對外，攻擊重生者制度和郭兆偉。

節目最後，主持人做總結之前，把機會留給了劉維恩。

「劉女士，這段日子妳是怎麼度過的，可不可以講給電視機前願意理解妳、關心妳的大眾聽，說出你的感覺？」

劉維恩清了一下嗓子，試圖藉此穩定情緒。

「自從伯隆……」劉維恩努力壓抑悲傷，眼淚含在眼眶裡：「自從伯隆沒回家那天開始，每天到了他下班的時間，我都坐在客廳等著他回來……。我常常會看著他常坐的椅子、摸著他坐過的椅墊，試圖感覺他的溫度。下意識在煮飯時又多做了一人份，衣籃裡沒有他的衣服，之後我再也不用幫他洗衣服了，我是什麼感覺呢？我不知道，我真的不知道……」劉維恩用一種極度冷靜的方式淡淡地說出她的心聲。

節目播出的同時，郭兆偉在電視機前看著，從頭看到尾，也做了不少筆記。在節目的前半是帶有激烈的言論的辯論，在節目的後半，都在講述潘伯隆是多麼棒的一個人，把他形塑成國家的損失，但整集最精華的地方反而不是激烈的言論，而是最後劉維恩用一種非常平淡、不帶有任何仇視的方式說出她對潘伯隆的想念。

隔天，各大報紙相繼報導了劉維恩最後的談話，標題是『我每天都坐在客廳等著他回來。』因為這篇報導又開始新一輪的討論，社會對於林昀真的好感再次下降，整體的氛圍又往劉維恩與檢方的立場偏過去一點點，隨之引爆的『記憶死刑』與『復死』的拉鋸戰，也似乎又向後者趨近了。

第八章　法庭辯論

地方法院裡，法庭外的長廊上，劉維恩就坐在高拓的對面。劉維恩的眼睛紅腫、臉色蒼白，比先前更加憔悴。很顯然地，丈夫的突然死亡加上身孕，對劉維恩的身心都造成極大的打擊。

「高檢察官，求求您務必要把林昀真繩之以法。」

劉維恩對高拓說：「當我看著這些照片時，我想著他們在拍照的幾個小時前還活著好好的，和我們一樣呼吸，思考著等一下要去吃什麼，什麼時候要做什麼車回家。」

「妳放心，一切交給我。」高拓只是輕拍她的肩膀，之後走進法院。

第二次開庭，是雙方辯論庭。

「大家看我手上的這份資料，這是Rebirth在五月十二日的行程。」郭兆偉拿出一份行事曆，翻到五月十二日那天。行事曆上寫著：

五月十二日

早上九點到十二點：練歌（R&B發音技巧）

下午一點到五點：表演課（舞台劇的位置移動）

晚間六點到十點：練舞（街舞）

「這份是Rebirth其中一位成員的行事曆。我們可以看到，整天的時間都被塞滿，而且和林昀真供詞所說的完全一致，林昀真怎麼可能會有時間到重生部？我們看看這張，這是我從電視新聞擷取下來，是林昀真進入重生部的畫面，右上方顯示的時間是晚上7點，但這時她還在公司地下練習室練舞。也就是說，林昀真在五月十二日，根本沒有到過重生部。」郭兆偉在他腦裡已經排練無數次，他相信這一次確實可以直接打中高拓要害。

「檢察官你有什麼意見？」法官說。

高拓不知不覺頭已經後仰，座姿挺直，一副不可置信的模樣。

「這太離譜了！這裡至少有兩點問題：第一，你那個證物從哪裡來的？可靠嗎？就算是真的，林昀真也能偷偷溜出來吧？你有證據確認她一直都在練習室？第二，一般人在行事曆上的行程是這樣，也有很高的可能會改變行程，只單憑行事曆的證據，說林昀真沒去重生部，實在很牽強。」高拓說。

林昀真坐在被告席上，呼吸緩慢輕鬆，靜靜地聽著她們的對話。

劉維恩坐在旁聽席上，當感覺高拓是占上風時，她便感到欣慰，當然至始至終她都仇視著林昀真。

「如果你覺得牽強的話，那用一份訪客登記表，代表林昀真有到重生部，是否也是很牽強呢？」郭兆偉說。

這時高拓察覺或許已經慢慢中了郭兆偉的計謀。

「這證據確鑿，訪客登記表上面有她的筆跡，已經請專家確認過了。」

「筆跡也有可能造假呀！」

「你說話小心一點！」

「庭上，檢方語帶威脅。」郭兆偉對主審法官獎。

主審法官：「高檢察官，請注意你的言詞。」

「郭兆偉，你……」高拓的火氣被郭兆偉引了上來。法官嚴肅地的表情也已做出了回應，這一回合算是郭兆偉得利。

「再來有一件非常奇怪的事，請大家看。」

郭兆偉拿出一個釘滿照片板子，上面有一條白色的線區分成左右兩邊，但兩邊的照片看似一模一樣。

「大家看看這兩邊有沒有什麼不一樣的地方?沒有任何不一樣的地方嗎?左邊的是四月八號的錄影畫面，右邊的是五月十二號，大家所熟知的影片，兩邊根本一樣!我想檢方可能搞錯了什麼吧?我已經附上了從重生部大樓的影片。」

法官說：「我們來看看影片。」

法官拿起手中光碟「是這片光碟吧。」

「是的，為了證明我們不是隨便拷貝同一份檔案，所以我們錄下我在重生部大樓使用監視器系統查詢的所有步驟，來證實四月八號的影片與檢方提供的五月十二號影片是一樣的。」

法官這時使用法庭上的電腦播放觀看。透過螢幕，法庭內所有的人也都看得到。

法官看完錄影，想了一下說：「嗯，這兩段監視錄影確實是一樣的。檢方，你們提供的證據是有問題的。請回去查詢到底是出了什麼差錯，怎麼可以連證據都會出現問題呢?」

「我們會回去調查清楚。」高拓回答。

法官問高拓：「此外，請檢方說明為什麼林昀真會殺害潘伯隆?動機是什麼?因為我實在看不出來有什麼動機。」

高拓拿起桌上預先準備的資料，交給書記官後再呈給法官：「庭上，這份資料表示，Rebirth從兩年前開始工作變多，與潘伯隆接任重生部次長之後，推動重生者形象整合的工作。短短一年間Rebirth的人氣高漲，音樂展演活動邀約不斷。相對的對於Rebirth的團員來說，工作量變得相當之多，Rebirth曾向潘伯隆要求降低工作量，但被潘伯隆拒絕。庭上請看這份資料的第九頁，這是林昀真放在她個人網頁上，有關於抱怨工作忙碌的文章。可見得她心生不滿，埋下了日後想要謀殺潘伯隆的動機。」

法官翻閱著資料：「針對這一點，辯方律師你需要答辯嗎？」

「庭上，是的。即使是工作量大，也少見會有殺害老闆情形，我覺得這關聯相對是薄弱。」郭兆偉回答。

「薄弱？當我們遇到上級壓力時，可以克制衝動，因為我們是正常人，知道會有更糟的後果，但是她是重生者，她不正常，她過去還是一般公民時，她已經殺過人，犯下人民都不能容忍之事。她有著犯罪的基因、暴力的基因，當她遇上壓力時，觸發了她的邪念，讓她想殺人的慾望就會顯現……」

「庭上，我反對檢方的說法！」郭兆偉打斷高拓，高聲地向法官說。

「辯方律師請說。」法官說。

「庭上，檢方這樣的說法，很明顯地誇大了暴力的基因，而且是在歧視重生者。」郭兆偉說。

「這一點都不誇大。」高拓說：「這是早在二十年前就已被醫學證實之事。」

「那是你錯誤的引用。」郭兆偉說：「如同有聰明基因的人，不看書的話，同樣也是考不到好學校，你沒有考量到後天環境的影響？」

劉維恩看到郭兆偉慢慢化解高拓的攻勢，漸居上風，相當難過沮喪，也對現行體制感到無比失望，她帶起帽子和眼鏡，悄悄地行離開法庭，不想引人注目，但還是被在法院外等候的記者攔下，一群人一湧而上。

「劉女士，你是什麼感受？」

「法庭裡的答辯讓妳聽不下去嗎？」

「你會害怕法官判林昀真無期徒刑嗎？」

劉維恩不語，一手護著肚子，另一手推開記者快步離去。

另一頭，在法庭上高拓依然在做困獸之鬥。

「在我國已簽屬的《國際正義與人權公約》第七條第一項，凡有危害群體生命之虞者，必須處以死刑。《國際記憶公約》第二條第二項，禁止任何程度的記憶消除。請法院尊重我國與簽約國的承諾。」高拓說。

「我會納入最後審判的考慮。」法官說：「今天的辯論庭到此為止。本案將於十月十六日宣判。退庭！」

＊＊＊

王英傑隨郭兆偉回到事務所，王英傑對於方才高拓提到的國際公約感到疑問。

《國際正義與人權公約》是由西亞與部分非洲地區執行死刑的國家發起的公約。之後，抱持同樣想法的國家都紛紛簽約，也因為他們現在經濟強盛，想與他們做經貿往來的國家和地區，都會被要求簽屬。

《國際記憶公約》是由歐盟發起，他們研究觀察到，記憶刑罰會對人產生一種與社會失去所有連結的落單感，是一種使他們覺得不屬於這個社會感受與不安全感，那是一種極度的刑罰，所以主張有關記憶的刑罰都是違法的。

＊＊＊

第三次開庭，一切都如郭兆偉的計畫，逐步攻破高拓的攻勢，他要戳破法官和高拓的謊言，絕不讓任何人草率地誤判林昀真。

法庭上，郭兆偉將手上的三份指紋鑑定的報告交給書記官。

「庭上，這是從被害人潘伯隆辦公室取得的指紋鑑定卡，第一張是門把上的，第二張是沙發上，第三張則是椅子上的。全部加起來總共有二十多人的指紋，當然其中也包含被告林昀真的。在檢方提供多項指紋的證據中，我挑選出門把、沙發、椅子，就有這麼多人的指紋在上面，而唯獨起訴一位重生者林昀真，這是一個歧視重生者的行為。」

郭兆偉的策略奏效，一切看起來似乎非常順利。

主審法官看了兩眼郭兆偉提供的證物，又交給書記官遞給高拓。

「高檢察官，這是辯方提出的新物證。你有什麼需要答辯的？」法官說。

「庭上，這就是被告林昀真狡詐之處啊！特意選了一個出入人多的辦公室下手，好掩飾她的罪行啊！」

郭兆偉和林昀真一聽這話，都感到震驚和氣憤。

「抗議！」郭兆偉大聲說：「庭上，檢方在做與本案證據無關的臆測！」

「抗議有效！」法官看了一眼高拓：「高檢察官，你是否也有新證據？」

郭兆偉眉毛一皺，趕緊查閱卷宗，不知道什麼時候有了新物證。

「有的，庭上，我們在被告林昀真的宿舍中，找到了一張氯化鉀的購買收據。」高拓邊說邊從卷宗夾裡拿出一張收據交給書記官：「這張收據是被告宿舍裡的一個電商宅配箱當中找到的，賣家是外國人，貨物是從國外寄送，收據上的英文就是氰化鉀。」

郭兆偉和林昀真兩人面面相覷，兩人都一臉迷惑，不知道這張收據從何而來。

高拓又拿出一張畫著購物流程圖的卡片。

「這是我從前述這家電商下載的購物流程。林昀真先向這家電商下單了一組異常昂貴的代購洗髮精，與其他電商不同的是，一般電商在購物車結帳就完成下單，這家電商卻多了一項服務，就是在結帳前，在賣家的網路平台留言欄填上『加購五百元』做為通關密語，國外的賣家收到訂單通知後，將氰化鉀包裝後放進洗髮精的箱子裡，再從國外寄送。」

「抗議！」郭兆偉再次抗議：「庭上，檢方這是純屬臆測的舉動，要怎麼斷定『加購五百元』就是購買氰化鉀的通關密語？」

高拓冷笑了一下。

「我就知道辯方律師一定會這麼說。」高拓邊說邊從公事包裡拿出一瓶氰化鉀：「為了證明『加購五百元』就是購買氰化鉀的通關密語，我也上這家電商用同樣的方式、買了同樣的東西。庭上，我的陳述到此。」

高拓從一直被打壓，到現在終於呈現他的能力水準。在場所有的人都被高拓這突如其來的一招嚇得目瞪口呆，唯有法官嘴角露出一絲得意的笑，瞬間又收了回去。

「林昀真，那貨物是不是你的？」法官問。

「是的，但是那個氰化鉀……」

「你只能回答有關我問的問題。是，或不是？」

法官看到機不可失，想把問話的過程帶到這個新證據這裡，因為在先前的那位公設律師就往減刑辯論的方向走，是承認林昀真有罪的，不過郭兆偉辯才無礙，想要往無罪推進，實在難以對付。

郭兆偉看高拓的提出的新證據，簡直無懈可擊，可見這東西高拓藏了很久，備而不用。以目前情勢，法官偏好想要判林昀真記憶死刑，對於死刑則持保守態度，與高拓想判林昀真死刑有所差距。

郭兆偉不甘心輸了這一局，決定再做些努力。

「庭上，檢方今天所提出的新證據，我未曾看過，需要讓我看一下」郭兆偉向法官說。

「可以。」法官向書記官示意將那張收據遞給郭兆偉。

郭兆偉仔細看了一下收據，發現其中有疑點。

「庭上，這張收據顯示，訂購的日期是去年三月，隔了一年以上了？」郭兆偉說。

「這就顯示出她在很久前就已經開始計謀，是蓄意謀殺案。」高拓顯得很得意。

「這不合理呀！」郭兆偉說：「去年她好不容易地拿下一個金鳳獎的最佳演員獎。平時公益活動從不間斷，生活得比一般正常人還要正常，結果到今年五月的時候突然想殺人，實在說不通呀……」

「她當然和一般人一樣！」高拓顯得盛氣凌人：「許多殺人犯看起來也都和我們沒有什麼差別，喜歡看電影、吃牛排、吃甜食，和朋友逛街。如果我們能事先知道哪些人會殺人，那還需要法院嗎？各位說是不是？」

旁聽席上有些人點點頭表示同意。

「她會如此正常是因為，在某個時間點的某個事件她的理智線斷了，她是在殺了人後才成為殺人犯的！你懂嗎？郭大律師。」高拓相當強勢的回擊。

這次高拓不讓郭兆偉對動機上面做文章，這將不利於判刑。

「針對剛剛的證據，也不能證明氰化鉀就是林昀真的，他們住的那間是分租套房，公司租給團員們使用的，他們除了很累或是有活動的時候才會去睡哪裡，其他時間都不會，而且住在哪裡的還有其他人。」郭兆偉反駁得很勉強。

法官眼看被高拓好不容易搏回來的氣勢，又快被郭兆偉壓制下去，趕緊敲下議事槌。

「休庭十分鐘。」法官宣布。

「庭上，我還沒說完哪！」郭兆偉有些委屈。

「郭大律師，辯論這麼久，大家都累了！」法官顯得不耐煩：「休庭！」

休庭時間，郭兆偉走在法庭外的長廊上，經過高拓旁邊時，對高拓說：「影片是你們弄的吧？這種手段你不會良心不安？」

郭兆偉想已經過了一週，高拓應該有在調查影片的事，但顯然他好像不知情。這讓郭兆偉有些納悶。

高拓慢慢地脫去檢察官的袍子，轉身看著郭兆偉：「我不太明白你說什麼。影片會搞錯，單純只是一場誤會，我們會補齊的。」

郭兆偉想要繼續測試高拓是否知情。

「那天的影片根本就不見了。」郭兆偉說。

「沒有影片？什麼意思，你們搞了什麼嗎？」

雖然高拓暗指影片不見是郭兆偉做的，但這種用問題回答問題，反而使郭兆偉更加確定是高拓搞的鬼。

＊＊＊

郭兆偉才從法庭回到事務所，網路新聞已經將郭兆偉第三次開庭的資訊公布出來。報導內容說，高拓找到關鍵的證據，是林昀真購買氰化鉀的收據。新聞把高拓形容是人民的正義使者，幫助潘伯隆的被害家屬取得正義。但其實現在的狀態是雙方都有堅定的支持者，在網路多個平台上用文字激戰辯論，真相並沒有越辯越明，反而隔閡越來越大。

「英傑，英傑，你在哪？」郭兆偉大聲喊著。

「老師，我在這裡。」王英傑的聲音從會議室裡傳來。

郭兆偉順著聲音走到會議室。一開門，把他嚇了一大跳……一個個裝滿資料的紙箱佔據了整張長條會議桌，有些紙箱甚至疊得比人還高，郭兆偉看不見王英傑。

「英傑，你到底在哪？」郭兆偉問著。

「老師，我在這。」王英傑從一個角落站起來，露出頭和上半身。

「這麼多？都是關於林昀真的資料？」郭兆偉問。

「是啊。老師，我不但找了和林昀真有關的，就連 Rebirth 其他團員還有張恩佐、林以樂的都找了。」

「連林以樂的資料都找了？」

「是啊。」王英傑說：「我就想，以樂雖然年紀小，不可能做什麼，但是說不定他的親生父母有什麼問題……」

郭兆偉笑了，一整天辯論庭開下來，累積的悶氣似乎得到了疏解。

「哈哈，你這小子，看你平時傻裡傻氣。做起事來還挺周到的嘛！」

「呵呵，老師過獎了，是老師教導有方。」

「好，不吵你。我也看看這些資料，希望能找到關於那張收據的破綻。我總覺得哪裡不對勁……」

郭兆偉脫下西裝外套、解開領帶，隨手放在其中一只紙箱上，開始在狹窄的空間裡來回遊走翻著、看著一箱箱的資料，無意間踩到掉在地上的報紙。郭兆偉，撿起來一看，竟然是今天的影劇版，平常鮮少看翻閱到他突然想看一下，沒想到一翻到內頁，就是有關 Rebirth 的，版面不大，內容是：

『Rebirth 團員蔣寧寧，在練習新舞蹈時遭到不明人士闖入攻擊，導致脖子與背部受到傷害導致昏迷，已送醫急救，根據經紀公司表示，為了社會安寧，且蔣寧寧沒有家屬，是否對施暴者提告仍在評估當中。』

王英傑一手拿著卷宗，另一手看著網路新聞。

「找不到破綻哪！」王英傑疑惑地說：「難道真的是林昀真殺的嗎？」

「我當然不相信是她殺的。」郭兆偉說：「事實上是，身為林昀真的辯護律師，我們不能相信她殺了人。懂嗎？」

「嗯，懂。」王英傑用力點了一下頭，但繼而又產生疑問：「可是怎麼會有氰化鉀的收據呢？」

「這就是我們必須儘速找到的突破點。」郭兆偉指著報紙上的新聞，氣憤地說：「一個這麼知名的合唱團成員遭到陌生人攻擊，經紀公司竟然不敢果斷地提告，可見得他們有多害怕？重生者的生命有多麼卑微？」

「最後還是要關鍵的不在場證明才證明此事，我們得想個方法儘速連絡上鄭綺紅並且攻破她的心防，不然就要找其他團員。」

「老師，這個案子拖越久對我們會不利，對吧？」王英傑問。

「沒錯啊！社會觀感本來對重生者就帶著排斥、歧視的眼光。」

王英傑把筆記型電腦放在郭兆偉面前，除了剛剛網路上的新聞之外，還出現一起新的姦殺案件，底下的留言已超越一百多個，都是仇視性的話語。自林昀真的案件以來已經出現四起命案，民眾的怒火已開始燎原。

郭兆偉看到一名網友說，就是因為殺人不用死，最近才常常出現命案，除非恢復死刑，不然政府就是鼓勵大家可以去殺人。

「這些會是我們造成的嗎？」王英傑說。

「不是案件越來越多，只是報導出來的越來越多而已。」郭兆偉說。

「但是……如果恢復了死刑，就能遏止更多殺人案件吧？」王英傑說。

郭兆偉聽到後沒有回覆王英傑，放下上的報紙，拿了一根桌上的菸，走出會議室。

第九章　消失的影片

檢察事務官是專門協助檢察官調查的職位，高拓大多數的案件也都仰賴他的助手完成，因為平均一位檢察官每月要處理高達八十個案件，相當忙碌。

和郭兆偉在法庭走道上的短暫對話，提醒了高拓，他決定親自去一趟重生部，調查清楚影片搞混的事，還特別不告知任何助手，當然也包含他最重用的助手徐夏豪。

高拓到了重生部大樓，在調閱監視畫面時，沒有看到五月十二號的影片，顯然檔案是被移除了。

「上次郭律師就已經沒有看到影片了。」

「郭兆偉律師？」

「對。」

高拓本來的想法是，郭兆偉把影片移除，不然就是林昀真把影片移除，不過高拓是在中途接手林昀真的案件，時間點已經錯開，不太可能是郭兆偉弄的。問題來了，警方沒有十二號的影片，為什麼他的助手會給他四月八號這天的影片當作證據？一種可能是不小心放錯影片，另一種可能是做偽證，那作偽證的理由會是什麼？

高拓從監視室走到電梯門口，等電梯門打開，一位面帶微笑的清潔員從裡面走出，一個不小心把拖把弄到了高拓的鞋子上。

「非常對不起。」清潔員向高拓鞠躬道歉。

高拓看到在他胸前金黃色的重生者標籤，嘆了一口氣。

「重生者……」一種輕視的口氣講出。

清潔員看了一下高拓的鞋子，幸好拖把沒有濕，也沒有弄髒高拓的牛津鞋。雙方互看了一下便離開。

他開始注意到重生部的走廊上、大廳、櫃台，都是重生者。但臉上都看不出那凶神惡煞的模樣，全都一臉和善，雖與一般常人無異，不過比一般人多了一股活力與幹勁，心想看來政府對重生者的重新教育有很大的成效。

這時高拓的手機響了。

「喂，我在重生部……你到了嗎?……好，現在就過去。」

高拓從重生部出來，走進了一家咖啡廳，並且穿過一桌桌的客人，直接走進位在咖啡廳最底端的辦公室。他一進辦公室，一名提早到的總統府官員，伸手進口袋拿出偵測器。

「對不起，例行公事。」高拓原地站立，雙手向兩側平舉，那人拿著偵測器將高拓全身上下掃了一遍，以確定他沒有帶任何的監聽器材，偵測器並沒有發出任何聲響，那人滿意地收起偵測器。

「起坐。」

那人待高拓坐定，從公事包裡拿出一份牛皮紙袋，放在桌上，推向高拓面前。

「你要起訴的對象。」那人說。

高拓拿起桌上的牛皮紙袋，拆開查看內容與細節。

「這是總統府的意思?」高拓說。

「他們是一起密謀殺害次長的人，我們已經調查好了。」

「你確定這些人有涉案？」

「毒害次長這種大事，你以為我們會隨便調查嗎？我們可不想得罪他父親呢！如果你是要說，影片搞錯的事，那真的只是一場意外，他們搞錯了。」

高拓喝了一口咖啡，手也斷斷續續的順過頭髮，文件翻來覆去。

「你知道監視器在五月十二號那天的影片消失了嗎？」

「重生部的嗎？」

「對。」

「那很可能是這群人做的了，還是快一點提出刑事訴訟，讓這件事快點落幕。我們擔心民眾對這反應會越來越大，質疑政府的效率。」

「如果你們真的擔心這件事，還不如增加司法的人手，我們的品質就會比現在高，也不用擔心民眾的質疑。」

「當然，新政府絕對會對這方面進行的改革。」

高拓頭轉向透明窗戶外，他在心中評估這份由總統府官員給的證據。窗外剛好看到一位別著重生者標籤的交通警察。

「假如是真的話，那可是真的會衝擊到由重生者所穩定的社會。」高拓說。

「只要是正確的事，我們不排除任何可能，你們是司法單位，政治不需要考量。」

＊＊＊

兩天後。

空間不大的會議室，台下的位子上滿滿記者，台上的位子還沒有人，高拓進場坐下後看著講稿。這麼多的記者也表示社會相當看重這起案件。他們準備好各種象徵自由的武器，筆、錄音筆、相機、錄影機等記錄這一切。

「今天，一件非常讓人遺憾的重大案件，潘伯隆重生部次長案，有了重大的進展，我們一直以來都認為兇手是林昀真，但是在我們調查之下，發現了驚人的事實，涉案人不止她一人，除了林昀真之外還有七人，而這七人都是重生者，都在重生部工作，他們是一起事先預謀、精密規劃的謀殺案件。」

另一方面，王英傑看到報紙上面有關重生者集體謀殺案件時，他緊咬牙關，吞下強硬的字句，忍了下來。郭兆偉則是沒有任何表現。

律師事務所外開始聚集了抗議群眾，高拓使整個社會再度地感受到不安全感，本來就憤怒的民眾更加的憤怒了。

在二樓的事務所從窗戶邊傳來一陣東西碰撞的聲音，郭兆偉靠近一看，有兩罐鋁罐在陽台上，原來是抗議民眾在一樓丟的。

帶頭的主事者是恢復死刑聯盟的人，他們拿著廣播器，大聲宣言理念，他們拿著巨大的旗幟，抗議未被落實的正義。

遊行的抗議民眾跟著一名主事者喊著：「不要利益！只要正義！不要利益！只要正義！」

有人舉著民粹式的標語，煽動著路過民眾，希望加入他們的抗議行動，不過通常只有復死聯盟的激進派才會這麼做。

有兩三位看不過去的民眾生氣地對他們喊：「羞恥！」

他們在路上激辯，閒來沒事的人也慢慢聚起來觀看。

「你們這麼做對誰有好處？只想著自己利益，不在乎其他人的想法。」不滿復死聯盟的民眾說。

「你知道一位檢察官一個月要執行多少案件嗎？」復死聯盟的一名成員問。

不滿復死聯盟的民眾，不打算回答。

「高達八十件！」那名復死聯盟成員繼續說：「沒有恢復死刑，政府就不會正視司法調查的問題，一昧地將所有問題的答案推給重生者制度，使我們的誤判率越來越高。假如恢復死刑，犯人真的會死，沒有退路，大家就會很小心且謹慎地審查案件。我們就能逼迫政府把司法制度修改的更好，減少每位司法工作者的案件數量，再給予每位司法工作者更好的資源與待遇。」

「你們的邏輯有問題，根本自打嘴巴……」反對者大聲喊著。

郭兆偉聽膩了這類對話，從窗戶邊走回王英傑旁邊。

「現在的民意偏向林昀真有罪，但恢復死刑感覺還有距離。現在的不在場證明感覺已經走到盡頭。攻擊另一個關鍵證據『茶杯』，就是我們接下來要做的。」

「上次辦公室裡有關林昀真的指紋的地方，再做一次檢查吧。」

「只要鑑定這杯茶杯有著其他人的指紋就可以達到效果。」

「但是東西在檢方手裡，要向法官申請才能鑑定吧？」

「但目前申請成功的機會應該不高。」郭兆偉說：「法官只想盡可能地照著民意走，不會讓我們這麼做，我們只要像上次一樣。」

郭兆偉一眼看出王英傑困惑的臉。

「那個茶杯是一組茶具的其中之一，就放在潘伯隆辦公室的櫃子裡。我們只要拿那組茶具的其他茶杯自行去鑑定，告訴法官每個茶杯即便洗完都有無數人的指紋，當然就可以合理懷疑被檢方發現的茶杯，也有著多人的指紋。這樣我們就能間接證明犯罪者可能不是林昀真，必須先讓這個證據的能力消失才行，之後再向法官提出要求對那個證物茶杯進行鑑定，只要查出來不只一人，這個指紋證據就不具有明顯的定罪效果，法院自然就會依證據不足而判他們敗訴了。」

之後，王英傑就照這個劇本走，前往潘伯隆辦公室拿了其中一個茶杯去作鑑定。此時，一件意外的事件卻發生了：在眾多審議中的重生者犯罪案中，有一位剛成為重生者的年輕保全認罪協商，成為汙點證人。讓一堆處在保守狀態的民眾驚覺到，重生者真的是一個危險的存在。這無疑給高拓一個大好的機會。

他在法庭上的說詞也登上了新聞版面：「怎麼會把最需要安全的時段和地方交給危險的重生者？從保全、清潔工、櫃台人員……」

高拓的策略奏效，加深了民眾對於重生者制度的不滿，電視名嘴等各種意見領袖紛紛鼓舞、抗議，要把這些曾經殺過人的人判處死刑。短短幾天，運行已久的重生者制度受到前所未有的挑戰，也爆發了多起復死支持者霸凌重生者的事件。

電視台製作部主管的桌上擺著許多恐嚇的信件，都是威脅電視台，要求換掉郭兆偉的。不久，主管承受不了如此大的壓力，只好換了一位新的主持人。每天寄到郭兆偉事務所的信更是塞爆了信箱。事務所的電話也被打爆，不是打來罵的就是不說話的。

這天，王英傑正坐在電腦前滑著臉書，郭兆偉辦公室的電話再度響起。他原本不想接，但電話鈴一直響個不停，對方似乎沒有掛斷的意思。王英傑還是無奈地接了起來。

「喂?喂!」王英傑說著：「郭兆偉律師事務所。」

對方仍然一語不發。他索性將話筒放在桌上，繼續讀著手邊的資料，過了好幾分後才再度拿起話筒，再度低聲說了一句「喂？」

對方竟然出聲了：「幹！接了電話不出聲，是怎樣？」

「就是想要讓你浪費電話費啦！」王英傑超酸又霸氣地講了一句。

電話那頭一聽到王英傑這種不帶髒字的怒罵後，接著又是一串不雅的話語。

王英傑這回毫不客氣地掛上電話。

「莫名其妙！罵三字經就能解決問題嗎？」王英傑嘴裡碎碎唸著，眼角卻突然瞄到一條重要訊息，正要拿起手機撥電話，郭兆偉正好開門走進來。

「老師，我正好要聯絡您！鄭綺紅好像受傷了，現在在醫院接收治療。」王英傑在鄭綺紅的粉絲專頁上看到消息。

「哪間醫院？」

「武森醫院。」

「機會來了，準備一下就出發。」

他們到武森醫院後詢問櫃檯，櫃檯卻以病人本身不願意公開房號為由，什麼都不肯說。幸好遇到一位對王英傑仰慕已久的學妹，在此擔任實習護士，好說歹說才套出來，找到鄭綺紅的病房。學妹還千交代萬叮嚀，拜託他千萬不要告訴別人，否則實習分數會不及格。

因為是名人，經紀公司特別安排了一間極為隱密的房間，不讓一般人來打擾。

兩人偷偷摸摸地走到病房外，確認四下無人，才走進去。鄭綺紅正獨自躺在病床上休息。露在棉被外的腳踝包著，手上還有一條已經結痂的傷痕。

「打擾了。」郭兆偉說。

鄭綺紅躺在病床上。

「郭律師，你怎麼來了？」鄭綺紅皺著眉說：「我不是已經說過，我是真的幫不上任何忙。」

「妳的傷還好吧？」郭兆偉說。

鄭綺紅看著郭兆偉和王英傑，不情願地說：「只是不小心受傷，一週內就可以出院。」

「鄭小姐，求妳幫幫忙。」王英傑迫不及待：「能不能幫助林昀真？妳不是也相信她沒有犯罪嗎？為什麼妳不救自己的夥伴？」

「英傑！」郭兆偉阻止王英傑，叫他不要再說了。

「鄭小姐，我們是真的要幫助妳和林昀真。妳不希望再也看不到林昀真吧？」郭兆偉試圖以較為婉轉的方式說服鄭綺紅。

「你們請回吧。」鄭綺紅轉過頭去背對著他們說。

「妳願意看到才安頓好的小孩再被帶走嗎？」王英傑說。

「好吧，如果你不在乎林以樂最後會去哪裡的話……」郭兆偉說。

「我說了，請回！」鄭綺紅說。

郭兆偉嘆口氣、搖搖頭，把一束鮮紅的玫瑰花放在鄭綺紅病床旁的桌上，之後往病房門口走，卻想起了什麼，到了房門口又停了下來，轉頭再說一些話。

「你們的悲劇在很早以前就已經開始了。」郭兆偉語重心長地說：「社會忽略了你們，對你們不公平，你們因此犯下錯誤，之後你們成為殺人犯，最後你們被政府洗腦成重生者，過著不自由的生活。我真的很想幫你們。」

鄭綺紅繼續背對著他們，眼淚卻無聲地流了下來。

「但如果妳不願意，那就不打擾妳休息了。再見！」郭兆偉無奈地走出病房：「英傑，我們走吧！」

「等等！」鄭綺紅轉過身來，或許被郭兆偉的話感動了，就在王英傑即將關上房門的那一刻，叫住了他們。王英傑瞬間回頭，拉住已經走出去的郭兆偉，知道他們已經說服她了。

「我們是重生者，為什麼你願意為我們做這麼多？」鄭綺紅努力地坐起來。

郭兆偉停下腳步收回已經跨出去病房的右腳，回頭向鄭綺紅。

「因為我是重生者二代，是被重生者照顧養大的人！」郭兆偉說。

所有人都相當震驚，郭兆偉所說的話。

「願意張開眼睛仔細看著你們，了解你們是人，不是挑自己想看的地方，把你們當成惡魔。」郭兆偉接著說。

這時王英傑才看到郭兆偉背後的精神，一種願意接納所有不同觀點的精神，是一種律師該擁有的內在素養。

鄭綺紅看了一眼桌上的紅玫瑰，用手摸了摸。

「謝謝你的花。」鄭綺紅說：「好久沒有收到這麼美的紅玫瑰了。」

黃昏的夕陽斜照了進來，鄭綺紅的眼睛閃閃亮著。

第十章 暴力傳播法

快速有節奏的乒乓聲，是書記官用打字紀錄雙方戰火的槍砲聲。

猶如世仇的雙方坐在對面，郭兆偉與高拓雙眼目視，在腦裡模擬數次的交鋒。

法官傳喚證人上場，鄭綺紅從門後走出，站到了應訊台上。

記者一看，Rebirth 團員的鄭綺紅就坐在證人的椅子上，讓記者眼睛一亮。

「鄭綺紅，這幾個月 Rebirth 是否在忙新專輯表演活動？」郭兆偉說。

「是的，但是自從林昀真不在的這段期間，我們幾乎停擺了。」鄭綺紅答。

「為什麼你們停擺呢？」郭兆偉問。

「抗議，庭上，她在說與案情無關的事。」高拓說。

「抗議無效，請繼續。」法官說。

「因為我們每次專輯都會以某一人為主。」鄭綺紅答：「這次專輯輪到林昀真當主唱，所以我們都要配合她才能練習。」

「所以，林昀真必須在，你們才能練習？」郭兆偉說。

「是的。」鄭綺紅答。

「請郭律師盡快講重點。」法官不耐煩地說。

「庭上，我正要進入關鍵。」郭兆偉轉向鄭綺紅：「妳還記得五月十二號有沒有在練習室練習？」

「有。當天的行程很滿，整天都待在那裡。我們忙到沒有時間思考吃飯，連午餐、晚餐都叫外送。」

「那林昀真是否在一起練習呢？」

「是的。」

「因為沒有她的話不能練習是吧？」

「沒錯。」

「這是當天外送的發票。」郭兆偉拿出發票給法官看。

「上面寫著六份套餐，也剛好是Rebirth團員的數量。」郭兆偉說：「庭上，沒有其他問題了。」

「接下來，由檢方詢問證人。」書記官宣布。

高拓站起來走向證人席。

「鄭綺紅小姐，妳知道你們練習室外面有監視器嗎？」

「應該有吧。我平常沒有注意。」鄭綺紅皺了一下眉頭。

「我去看過是有的。」高拓繼續說：「奇怪的是，我在經紀公司大樓調閱監視器時，怎麼會沒有五月十二號的影像呢？是不是妳把它移除了？」

法庭內所有的人聽到高拓這句問話，表情都顯得訝異，旁聽席上有些人開始交頭接耳。

「沒有、沒有這回事。」鄭綺紅稍顯緊張。

「那妳操作過監控室的電腦嗎？」

「當然也沒有！」

「奇怪的事來了，我在監視室的使用登記表上，看過妳的名字。」

「那是因為我……。」

高拓搶了鄭綺紅的話。

「因為你們當天根本都沒有去練習，而林昀真去謀殺潘次長，是不是這樣？」

「又或者是你們與她串通好後，去謀殺潘次長，是不是這樣？」

「我問完了。」高拓大聲地講出來，嚇到了鄭綺紅。高拓得意地走回檢察官席坐下。

「庭上，我還有問題詢問證人。」郭兆偉舉起手。

「郭律師請。」

郭兆偉走到證人席前，用手勢示意要鄭綺紅保持鎮定。

「剛剛檢察官沒問完的問題由我繼續。」郭兆偉問：「妳是否在年初的時候，忘記你們表演要用的道具放在哪裡？」

因為這段完全沒有事先準備過，一開始鄭綺紅有點緊張，但聽到郭兆偉問的問題，她就顯得安心，因為郭兆偉正在帶領問題方向。

「對，我就是因為要尋找我們要穿的服裝，所以才去借用的，是在一月的時候，但是現在已經九月了，案發是在五月。」

「我沒有問題了。」郭兆偉。

「但是我還有！」高拓再度站了起來。

「即便如此，你們當晚的行程，只到晚上十點，不能保證林昀真十點以後去哪裡，對吧？」高拓說。

「是，是的。」鄭綺紅面對強勢的高拓，完沒有絲毫退讓。

「我問完了。」高拓一臉勝利表情。

王英傑一聽高拓所說的，立刻湊到郭兆偉耳朵邊講悄悄話。郭兆偉點點頭後，立刻站了起來。

「十點？檢方是說十點！」郭兆偉高聲強調：「所以檢方承認你們之前的證據有問題囉？別忘了，你們是認為林昀真在七點的時候去重生部的，檢方用了多少證人和證據想證明這件事。現在卻冒出一個新說法來推翻你們自己的證據！」

高拓微微苦笑一下，笑容裡或許多少同意郭兆偉所說。

這是一場郭兆偉的漂亮反擊，但在法庭上的反轉，卻無法使民意也跟著逆轉勝，也無法阻止人民蔓延的憤怒。因為社會大眾已經對此事有所定見，不去探究案件中的細節，尤其看到與自己想法有所差異時，只會更加的憤怒。復死聯盟的代表趁著此機會還到監看守所與林昀真會面，試圖道德勸說、遊說林昀真捐贈器官，弄得林昀真極為惶恐不安。

一周後再度開庭。郭兆偉這次帶來的新證據，是潘伯隆辦公室裡茶杯組和這些茶杯的指紋鑑定報告。

郭兆偉拿起其中一個編號『#1』的茶杯和相對應的指紋鑑定報告，透過書記官交給法官。

「庭上，這是我們從潘伯隆次長辦公室取得的其中一個茶杯，與檢方所提供的『證物』屬於同一組茶具組。這份紙本報告是請獨立第三方機構 CICR 檢測出來的報告。報告顯示，潘次長辦公室裡的茶杯組的，並沒有因為沖洗而把所有的指紋全部洗掉，殘留在上面的指紋共有三十多人。但即便洗完後也不可能會有這麼多的指紋。會有這種現象，跟潘次長的興趣有關，每當有人政商人士來訪，他便拿出他自豪的茶杯收藏，讓人觀賞觸摸。」郭兆偉說。

「如果其他的杯子都有這麼多人碰過，我想在檢方手上的茶杯上，也應該有許多人的指紋才對，如此茶杯上的指紋不能代表是誰殺了潘次長，但我在此申請，將證物茶杯交給第三方驗證，是否有多人以上的指紋，以及是否有氰化鉀殘留物在茶杯上。」

法官看向上方，正思考中。

「請法官思考這是整個案件中最關鍵的物證，多一分的檢查，多一分安心，我相信檢察官也希望如此，即便只有林昀真的指紋在茶杯上，這也更加有公信力。」

郭兆偉的一番話，讓一開始就站在檢察官立場的法官，不得不答應他的要求。

順利如郭兆偉的想像把目前關鍵物證茶杯交給第三方鑑定。

劉維恩坐在旁聽席，目視著高拓被郭兆偉一波又一波的攻擊摧毀，即便再多證據，對郭兆偉而言就好像一層層不可靠的防護罩，輕易吹破。

高拓則是不敢再度面對老友的老婆，不願往劉維恩看過去。

＊＊＊

高拓走在回家的路上，開始懷疑後面起訴的重生者們，是否真的如總統府官員所說的如此證據確鑿，思考每一個階段發生起點與終點，每一步的步驟是否有所問題，當他好像可以全覽大局時，有人說話了。

「高檢察官，還在忙？」管理員說。

「忙完了。」

「這是中秋節的月餅。」管理員拿月餅交給高拓：「這些是你的信件，有八封信和一個包裹。」

高拓最近都沒看到的社區管理員，他來這裡工作的三年間見過不少次，但高拓今天才注意到他胸前的重生者標籤。幾句寒暄後，高拓進了屋子。

他的兒子和他的女友正在客廳，本來是要等著和高拓一起吃飯，但因為他在辦公室加班，就又拖了一個多小時才到家。兒子和他的女友便先吃了，桌上還留有幾片已經冷掉的披薩。

「爸。」兒子說。

「叔叔好。」兒子女友說。

「今天有客人啊？」高拓說。

「幫你慶生啊！」兒子說。

「這是我做的蛋糕。」兒子女友說。

「哎喲，還真漂亮！」高拓強裝歡顏地說。

他們準備了一個看起來如同外面賣的蛋糕，唱完生日快樂歌，慶祝閒聊了整晚。兒子趁著女友在廚房收拾，低聲跟高拓講悄悄話。

「爸，謝謝您。」兒子說。

「謝我什麼？」高拓感到不解。

「謝謝您不討厭小萱。」兒子有些膽怯地說：「我以為你會不太歡迎她。」

「不會呀！為什麼？」

「我以為……，您會討厭重生者二代。」

「哦！」

兒子的一句話讓高拓陷入深思。高拓在想，不知不覺間，重生者已經深入了社會當中。他認為，他最近在想什麼，或許就真的吸引什麼，但也可能是早就發生在周圍，只是沒有注意到而已。

送走兒子和他女友，高拓躺在床上輾轉難眠。他起身走進書房，打開電子書，重新翻閱所有的證據，翻遍所有的卷宗。仔細一看，他發現他們根本就都沒有犯案動機。

隔日。

高拓又去見了總統府官員。

「這次是什麼資料？」高拓問。

「你自己看啊！」官員傲慢地說。

高拓抽起資料一看，整個人愣住。

「這是什麼意思？」高拓問。

「我們認為，現在你們遇到了點困難。」

「是你們給我的資料和證據有問題吧？現在又有這種東西？是要我做什麼？」

「公布出來，交給你信任的記者，讓他們傳出去。」

「你要我犯罪？」

「不不不，你搞錯了。」官員狡猾地辯解著：「有沒有犯罪，是在被發現的那一刻才成立的。就像我們不會知道你做了什麼事，除非我們發現你做了什麼事……」

「你突然變成哲學家了是吧？」

「我大學時修過哲學課，但這是我的人生哲學。」官員大笑。

「我絕對不可能幫你做這件事。」

「這不是在幫我，是幫助國家。」

「好，夠了，我現在只有一個問題。」

「感謝，你終於理解了，什麼問題？」

「為什麼你們麼要做到這種地步？」

「高大檢察官！這個世界有必須要除掉惡魔，你不這麼認為嗎？」

高拓搖搖頭，已經聽不下去。

「我已經查過你上次給的證據，根本都是刻意栽贓誣陷。」高拓堅定地說：「所有的訴訟我們都會撤掉，還沒起訴的就不起訴了。」

「喔？」官員的眼睛從金絲邊眼鏡後方斜瞪著高拓：「你不想要官場順利嗎？只要你願意幫我們……」

「你是在賄絡我？還是在威脅我？我的身分可不是隨便就能被你擺佈的。」

「好，好。我知道了。」官員說：「這可是你說的。」

總統府官員起身，也不理會資料，直接往外面走。

「等等。」高拓拿起那份文件地遞給官員：「你的文件，請帶走。」

「哼，我還以為你是聰明人。真是看錯你了。」官員說完抽走那份文件便掉頭離去。

＊＊＊

一早，高拓才踏進辦公室，看到助理吃驚地盯著牆上的透明顯示幕，看著即時新聞：根據一個支持恢復死刑的電視台報導，林昀真在還沒成為重生者前，曾經犯下的案情：「根據可靠消息來源指出，八年前，這起殺害前男友的事件，起因為男方劈腿，使得兇手林昀真動下殺機，砍下二十七刀，受害者的臉與下體體無完膚。下手之狠，令人髮指。」

新聞畫面隨著的主播說話，赤裸裸地播放著血淋淋、完全沒有處理過的照片。

「幹！」高拓出聲。

居然有人把重生者過去的犯案資料公布出來，這種明目張膽的犯法行為，絕不是高拓所能夠接受的。

高拓立刻向警政單位報案。但不知為何，他們遲遲未到電視台現場，直到那則報導播放到完畢，警察這才姍姍來遲現身在電視台裡，不久後各大電視台也相繼報導此事件。

當天下午，各個網路媒體也起底了林昀真的過往，甚至對於當時受害家屬的心情，這種追蹤報導一一出現。關於林昀真當年所犯的案件，愈寫愈露骨、愈講愈誇張。

「現在是怎麼樣了?高拓居然可以無視《暴力傳播法》，這國家到底還是不是法治國家啊？」郭兆偉對著事務所的人說。他認定這種行為一定是高拓背後指使的。

「他們是想要增加暴力事件嗎？怎麼會有這麼無腦的政府。」王英傑說。

所謂的《暴力傳播法》是這個國家為了遏止人民的憤怒，制定的法律，是與記憶死刑一同支撐重生者制度的配套措施，政府為了使大眾能夠理性判斷，禁止一切有關真實案件的血腥暴力照片與影片的傳播，必須要加以馬賽克。因為有學者指出，當沒有血腥暴力的影像時，暴力事件會降低。

「動機實在太明顯了，就是影響法院的最終判決。」郭兆偉說。

窗外傳來喧鬧嘈雜聲。王英傑拉開窗簾往街道上看。

「老師，外面已經聚集了群眾。」王英傑說。

在律師事務所外面已經聚集眾多的群眾。

「又來了！等等下班時再請警察來處理了。」郭兆偉說。

另一方面，還在收押等待宣判的林昀真還不知道外面發生了什麼事。

張恩佐穿著一身帥氣西裝，這對於一位麵包師傅來說實在是難得一見，他坐在會面室裡面。

「怎麼了，今天穿成這樣？」

張恩佐把椅子推開，跪了下來。林昀真在玻璃的對面，還不清楚怎麼了。張佐恩卻已拿出早已準備好的戒指。

「林昀真，妳願意嫁給我嗎？」張恩佐雙手的拇指和食指一起捏著戒指，伸向林昀真面前。

「不。」林昀真堅決地吐出一個字。

張恩佐好像沒聽清楚她說了什麼，隔著玻璃呆跪在地，已經沒有任何知覺。

「不。」林昀真又說了一次，並且站起來轉過身對獄警說：「長官，會客時間結束。」說完隨即自己開門走出去，獄警也隨她走出去，留下愕然的張恩佐。

第十一章 最後一次開庭

看守所律師接見室，林昀真在和郭兆偉兩人對坐在沙發上講話，郭兆偉剛灌完一瓶小瓶的可樂，一瞬間二氧化碳衝上腦門，有半秒的時間，沒聽到林昀真對他說的話。

「妳剛才說什麼？」郭兆偉問。

「我已經看過了。」林昀真鎮定地說。

林昀真將電子報紙交還給郭兆偉，是關於林昀真在成為重生者之前，所犯下的案件。

「我們已經做了調查，我們懷疑是高拓和政府官員勾結的結果，只要找到更確切證據，就會提起公訴，絕不放過他們！」郭兆偉氣憤地說。

「這些東西怎麼會外流？」林昀真問。相對於郭兆偉的氣憤，林昀真的平靜顯得有些異樣。

「所有關於重生者的資料都在重生部，即便是重生部工作人員，也只有極少數的人能夠翻閱。」郭兆偉說：「我靠著一些在重生部裡的人脈，取得了一份調閱登記的資料，已經鎖定了幾位可疑人士。」

「現在社會上每個人都很恨我吧？」林昀真淡淡地說。

郭兆偉嘆了一口氣。

「我很抱歉，妳過去所犯下的案件，被人報導出來，我沒能有效阻止報導外流。現在我所能做的一切都已經做了。下一次就是最後的開庭，我們已經握有能夠為你平反的證據……」

「你不覺得這些真相是有必要被公佈出來的嗎？」林昀真說。

郭兆偉還在狀況外，不知道林昀真在說些什麼。

「仔細一看就會發現，原來我真是一個惡魔。」林昀真若有所思的喃喃自語。

林昀真自從幾天前看過新聞之後，就一直呈現失落的狀態。

「那並不是妳。」郭兆偉試圖想要平反。

「那明明就是我。」林昀真低著頭，繼續喃喃著。

「不是的，你現在叫林昀真，是重生者。妳不是她，妳沒有任何有關於她的經歷、回憶。」

「但明明就是這個身體做過的事。為什麼這個社會還要讓我活著？」林昀真咬著下唇，朝著郭兆偉露出難受的樣子。

郭兆偉突然不知道如何面對林昀真，他慌了起來，那件殺人案件在當時確實非常轟動，畫面相當殘忍。

「我不敢相信我做過這些事，但是在看到那些資料的那一刻，我的世界崩潰了。」

郭兆偉站起來走到林昀真身邊坐下，伸出了手放在林昀真的手上，希望能夠安慰他。本來林昀真從坐在郭兆偉的對面，現在他們坐在了一起。

「對我而言，我們不是同一人，但對你們而言，我們是同一人。」林昀真說。

雙方靜默了許久，郭兆偉的手輕輕拍著林昀真的背。

「或許我本來就應受到懲罰。」林昀真說。

「妳已經受到懲罰了。」郭兆偉淡淡地說。

＊＊＊

最後辯論日。

郭兆偉費了好一番功夫才從律師事務所出來，因為凡是郭兆偉所到之處都是異議分子，為了避免遭受攻擊，郭兆偉換了服裝，從地下停車場，開著助理的車才得以逃離。林昀真的案件已經成為這個經濟發展停滯之下、人民發洩的出口，也是茶餘飯後人們聊天的話題。

法庭上，郭兆偉針對最新取得的檢驗報告展開最後一輪的辯論。

「一直以來，警方與社會所認為的證據，是那杯有指紋的茶杯，在第三方機構CICR的檢查之下，上面除了林昀真之外還有七位不同人的指紋，而且根本沒有任何有關氰化物的反應，這個結果明顯與檢方的結果不同。所以我們又另找一家醫學研究中心做檢查，結果是一樣的。這個事實證明，檢方在沒有足夠的資料就起訴林昀真，完全忽視應該要有的調查程序。甚至藐視法律規定，就公佈了林昀真在成為重生者之前的犯罪紀錄，居心何在？從頭到尾，這根本就是一件荒謬的公訴案件。林昀真和她重生之前的那個人，已經不是同一個人了。我們不能再用過去，死刑還存在時的思維面對問題。我很痛心我們的執法單位變成帶頭忽視法律程序的非法治單位，我所瞭解的政府已經是這個模樣了。」

坐在旁聽席上的一位女性民眾站起來，忍不住大聲斥罵。「那你說誰是兇手？」

「肅靜！」法官說。

「誰該負起責任？」她又補上了一句話。

「這位女士，只要妳在庭外再度發出聲音，我就會請法警帶妳離場。」法官說。

憤怒的民眾被坐在旁邊的友人拉著她的手，迫使她坐下。

「我回答你的問題。」郭兆偉面對那位女性民眾說。

「辯護律師可以不用針對剛剛的問題回答。」法官提示地說。

「沒關係。我想回答，我非回答不可。」郭兆偉說：「我不知道誰是本案真正的凶手，可能真的是我的委託人，也可能不是，但是要了解，在法庭上工作的不是只有律師而已，一個完美訴訟案，是大家各司其職才能完成，這需要法官精準判決，需要檢方提出強而有力的證據，需要辯方律師維護被告權利，只有這樣的條件下，案件的樣貌才能趨近真相，只要有哪一邊過於強大，正義就會偏頗。」

「我非常支持郭律師的論調。」高拓說。

高拓面對著林昀真說，「不論是誰外流過去的案情，我們審判的不是上次的妳，是現在的妳。」

「真是好意思說出這樣的話，這不就是你們做出來的事嗎？」郭兆偉責備地語氣說。

「我代表政府，怎麼可以違法違憲。」高拓解釋。

很顯然地，郭兆偉並不相信高拓。自從高拓私下操作媒體輿論，安排了劉維恩的那場戲後，他就不再相信高拓的為人。

休庭時，高拓走出法庭，在法院外頭看到劉維恩，便上前搭話。

「最近還好嗎？」高拓問。

「生活依然要過，沒有什麼好不好。」劉維恩顯得意興闌珊。

「最近鬧得很大的外流事件，應該沒有讓妳對於這個體制更加困惑吧。」高拓說。

劉維恩看到路上有一對夫妻帶著一位高中生，全家和樂的一起走著。

這時她想到自己的家已經不可能是這樣了，因為潘伯隆等不到自己小孩成為高中生的那一天。

「關於這件事，你也不用去查是誰洩漏林昀真之前的犯案紀錄，那個人就是我。」劉維恩堅定地說。

「是妳？」

劉維恩的眼神堅定，絲毫不像在說謊，高拓對於『是誰把資料外流？』這件事產生了疑惑。因為新聞報導的時間，就是在他見了總統府官員之後，原先就是在懷疑總統府官員洩漏的，所以自己也是往那方面調查，看到底是誰洩漏林昀真過去的犯案資料。高拓心想，如果真的是劉維恩做的，自己內心將會非常糾結，因為劉維恩是正在受苦的那一人。

判決日終於來到。

所有人都在法庭上，郭兆偉、王英傑、林昀真、高拓、張恩佐等人都做在椅子上，旁觀席上坐滿著人，劉維恩也在旁聽席上，座無虛席的法庭內，卻是鴉雀無聲，只聽得見空調嗡嗡的低鳴聲，人潮多到連庭外都是在等候消息的人。法院還特別在戶外廣場上架了一座電視牆，並且擺設上千張板凳，直播開庭實況讓擠不進法庭的民眾觀看。

門一開，三位法官依序走到聽審席入座。

張恩佐只希望能夠恢復到之前的狀態，願意一起擔起林昀真過去所犯的錯，一起向被害家屬彌補，並再向她求婚一次。

郭兆偉在想，一定要判無罪，絕不能讓這案件成為民主法治之下的犧牲品。

王英傑認為，能在實習中有機會遇上這麼大的案子，自己也努力找尋了證據，不論結果如何，都會影響到他即將選擇的路。

高拓認為，一定要將林昀真判刑，但他認為是判記憶死刑才是最佳的情況，因為他的調查發現，這件案子確實有很多疑點，如果誤判了，林昀真最後還是活著，還有機會還她公道。等這件案子判刑後，再來就是要調查誰是把資料外傳。

劉維恩則是恨不得快點看她被判刑，不是死刑就是無期徒刑，不希望法官判出記憶死刑的判決，讓她有機會來到社會上再度傷害社會。

每個人都有自己想要的未來。

法官已經就位，拿起判決書。

法官宣讀判決書：「根據無罪推定的原則，針對林昀真被控謀殺毒害潘伯隆的案件，因檢方證據不足，加上看不出原告的犯案動機，宣判無罪，檢方若有異，本案可再上訴到二審。」

「ㄎㄡ」的一聲，法槌由上往下一敲，象徵至高無上的法律為這次訴訟畫下句點，又或是一個逗點，但對社會大眾來說是個驚嘆號，尤其是在如此仇視的氛圍之下，這個極度偏袒民意的法官所作出不符民情的判決。就在那一敲，所有人都驚醒了。

最後各自想像的美好景象，只有郭兆偉的實現。這次的勝利不像上次，沒有人替郭兆偉和林昀真高興，除了王英傑之外，連林昀真也看不出高興的感覺。

高拓收拾東西後，走在法庭的小走道上，看了坐在旁邊的劉維恩一眼，連招呼都省了，馬上離開。

林昀真無罪的消息，當天就傳開了，給了復死聯盟一個大大的打擊，人民的憤怒也變成了暴動，反抗所有的重生者，包含重生者二代。

第十二章 贏回理性

宣判無罪已經過去了一周，判決的法官被各種人肉搜索，他過去所發生的一切都被翻出來一一檢視。像是過去的判例，其中最廣為討論的就是他經手的一起性侵案，也是不合民意的判決，把人們認為嫌疑重大、罪該萬死的犯人判無罪。

法院前的馬路，清晨的光一照，四周角落可見復死聯盟的宣傳單，還有瓶瓶罐罐的飲料容器，紅綠燈依然運行，但無人也無車。樹上綁著黃色布條，「今日站出來，正義就出來。」在遠方的一頭，開始出現些吵雜聲。

另一方面，林昀真已經回到家裡。過去的一周，她都沒出過門。她聽了警方與郭兆偉的建議，避免與民眾對峙，希望等到風波平息之後再出來，而小孩剛好正逢暑假期間，不必上課，但有些東西放在經紀公司的舊宿舍裡，像是電腦等東西，她拜託郭兆偉去經紀公司租借的宿舍，幫她拿取當初寄放的東西。

郭兆偉用林昀真給他的鑰匙打開公寓大門，那是一個寬大的公寓住宅，共有五房兩廳，其中有一房是特別隔開的小房間。

他走進房子後，唯一的聲音就是皮鞋與地板間的摩擦聲，屋子裡沒人。林昀真說，她的房門有貼著她去偏鄉關懷小孩的照片。郭兆偉一進門就看到那張貼在她房門上的照片。

他轉了一下門把，輕鬆的轉開，房間門並沒有鎖。

郭兆偉開始按照林昀真交代的，尋找她的筆記型電腦、手機、以及化妝包和皮包等物品。但一開門，應該要放筆電的桌上卻非常的乾淨，什麼都沒有。他開始翻閱書櫃、紙箱、衣櫥等，最後在床底拉出的一個紙箱，打開後看到裡面盡是SM性愛玩具，還有幾顆硬碟，那些硬碟看來有點眼熟，不過反正硬碟的樣子都差不多，他不以為意的放了回去。

他失落地走出房間。當他看到走廊對面另一間房間的門也有貼有偏鄉小孩的照片，他才發現自己剛才走錯房間了。

他進到這個新的房間，立刻能夠確定就是這間沒錯，果真所有的東西都在林昀真所說的位置上，馬上就能找到，他順手拿起一個購物袋，將林昀真要的東西裝起來，正準備走的時候，突然想到剛才看到的那顆硬碟就像極了監視錄影的硬碟。他原本想用林昀真的電腦一探內容，但電腦設有密碼，不能使用。他就偷偷把硬碟帶回家，先看一下裡面的內容，等隔天再把東西帶去給林昀真。

快速狂奔回家後，將硬碟接在電腦上。第一個畫面出現，是練習室的影像，上面日期正是五月十二日。郭兆偉馬上用滑鼠快速地瀏覽整段影片，這是高拓與郭兆偉一直都想要找的影片。現在讓郭兆偉找到了，儘管官司已經結束，郭兆偉卻仍然有股勝利的快感。

但是，五月十二日練習室的錄影裡，當天竟然一個人都沒有！

「當天根本沒有任何練習？不會吧？」郭兆偉不甘心地再度快速預覽個幾次也都沒有發現什麼。

影片內容給了他相當大的衝擊，但他既恐懼卻也愛上了這個衝擊，內心想著下一顆硬碟內容是否更加刺激，於是又換上另一顆硬碟。

畫面是在某個辦公室裡，兩名男子都穿著西裝，一名身材高壯，另一名則相對矮胖。兩人一邊喝著酒，一邊把玩辦公桌上各式各樣的 SM 性愛玩具。沒多久，一名年輕女子進入辦公室，其中一位西裝男拿起鞭子甩了一下，一種權威式的象徵動作，那名年輕女子便學狗趴在地上爬行，從其毫無猶豫的態度和熟練的動作看來，那名女子應該是經常這樣做。較高壯男子的姿體動作猶如把自己當成了國王似的，坐在她身上，另一位較矮的男子把狗鍊套在女孩身上，並且上下拉動，女子那白皙的肌膚就被他這樣粗魯的對待，被綁住的部位馬上就紅了起來。

不久，女子身上的衣服都被兩名男子粗魯地扯掉，兩名男子也都脫得精光，進行了一段國王新衣的巡禮，高壯男子用腳踹她的肚子和胸部，之後還尿在她身上，在國王僕人遊戲的最後，男子的精液裝在茶杯裡，硬逼女子喝完後才結束。一場下來，女子已經動彈不得，身上多了許多大小不一的傷口和瘀青。

郭兆偉看到這裡，五臟六腑都在身體裡面瘋狂地翻攪，他衝到浴室抱著馬桶狂吐。因為畫面實在太噁心、太令他吃驚了。但是為了知道真相，他決定繼續看下去。

每段影像的人物不盡相同，裡頭不乏重要相關人士，像是新市政的大地主和大廠商等，人數也不一定，有時候只有兩人，有時候是好幾人。唯一的共同點就是，其中一定有潘伯隆，而且他一定是男主角，女主角則都是 Rebrith 團員，當然，也包括了林昀真和鄭綺紅。

另一顆硬碟內容是重生部大廳的監視畫面，時間是一樣是關鍵的五月十二號，林昀真確實進入了重生部，之後的幾個硬碟是最令郭兆偉印象深刻的性愛畫面。

一顆顆的硬碟像是一顆顆砲彈般，摧毀了郭兆偉相信並捍衛的世界。

第七顆硬碟正在放映時，電話突然響起。郭兆偉嚇到了他自己，他蓋起筆記型電腦，接起電話。

「喂？」

電話另一頭居然是張恩佐。

「郭律師，你快來！昀貞被人打傷了！」

「什麼？現在哪裡？」

「市立醫院急診手術室。」

「好，我馬上過去。」

電話一掛，東西也不顧了，馬上衝出門。

一輛計程車行急駛而來，停在醫院門口。醫院走廊的另一頭出現了人影，逆著光跑過來，漸漸浮出郭兆偉的樣子，張恩佐坐在手術室門外，低著頭看著空蕩蕩的手，五官一動也不動，郭兆偉到的時候，他也不轉頭看一下，郭兆偉在張恩佐旁邊坐下。

「怎麼會這樣？她不是不出門的嗎？」郭兆偉不解。

「我也不知道。她只是出門幫以樂買點食物……」張恩佐用了一個很呆滯的表情說。

張恩佐斷斷續續的說出林昀真發生的事情。原來，林昀真只是出門到住家旁的小超市買些食物，卻遭到兩、三名陌生人的攻擊，對她一陣拳打腳踢後迅速離去。超商老闆見她倒在地上，趕緊打一一九叫救護車，並且通知恩佐。

一陣子後，一名醫師走了出來。

「林昀真的家屬。」

張恩佐跳了起來：「我就是。」

「您是她的……？」

「我是她的未婚夫。」張恩佐顯得非常著急：「醫生，昀貞的情況怎麼樣了？」

「是這樣的。」醫師說：「林小姐現在非常危急，因為腹部重創還有多處的擦傷，最嚴重的是，保住小孩的機會不高。」護理人員說。

「什麼？她懷孕了？」張恩佐感到非常疑惑。他不解，昀貞為何不告訴他，自己懷孕了。

「是啊，她現在懷孕四個月，要保住她的性命，恐怕只能放棄小孩。」醫生說：「要保母親還是保孩子，恐怕需要家屬做個決定。」

「當然是要保昀貞啊！」張恩佐激動地說。

「好，我知道了。」醫師說完再度進入手術室。

他們又繼續呆坐在外頭一陣子。牆上的電子鐘每跳一個數字似乎都需要一世紀那麼長……幾個小時過去，醫師再度走出來。張恩佐衝上前去，拉著醫師。

「醫師，昀貞現在怎麼樣？」

「經過我們努力的搶救，母親林昀真的性命總算是保住了。只不過……」醫生說。

「只不過什麼？快說。」張恩佐激動地用力抓著醫師的左手臂。

醫師客氣地用右手推開張恩佐的手，然後謹慎地吐出每一個字。

「只不過，她現在還沒脫離險境，還需要繼續觀察二十四小時。而且……，她已經做過兩次墮胎，恐怕……可能再也不能懷孕了。對不起！」醫生說完便迅速離去。

「什麼？你說什麼？」張恩佐呆站在原地，腦袋似乎被醫師的一番話炸裂了。

這個時刻，郭兆偉把剛剛不願意想的事想開了。

鄭綺紅和 Rebirth 其他兩位團員也都趕來了。郭兆偉一看到鄭綺紅，立刻一把拉著她。

「跟我來，我有事要和妳講。」

他們走到醫院的某一樓層，是商店街，各點了一杯咖啡。

「什麼事？」

「我看過硬碟了。」

鄭綺紅兩眼瞪得大大的。

「不要和我說話。」鄭綺紅站起來準備離開。

郭兆偉看著她走了幾步，拉住了她。「鄭綺紅，社會如此相信你們。」

「不要和我說這種話，如果有人不斷殺害肚子裡的生命，而這次是自己愛的人的小孩，你會怎麼做？」

「殺害肚子裡的生命？」

「這些有權者怎麼可能讓他們有私生子呢？我沒有要替我們的行為正當化，這只是我們最後能夠為自己做的事，我們不像你們，我們是重生者。」

郭兆偉已從她的對話中證實了自己的猜想。

「你的傷好了嗎？」郭兆偉說。

「就你看到的一樣，這不是練習造成的。你還想知道什麼？整件事就是我們精心設計的一起案件。」

鄭綺紅非常憤怒，講完話有點過度換氣的樣子。

「郭大律師，你是聰明人，隨你怎麼處理吧。我還要去看昀貞和張恩佐。」

鄭綺紅說完，隨即調頭離開。

郭兆偉回到家裡看著自己電腦，想著這些問題，他知道他必須要做一個回復，畢竟這案件成了一起傷害案件。真正令他困擾的是，那些正負的得失該如何權衡？從他失眠到他放棄去思索這個問題。最後，他做了一個決定。他拿起手機撥給了王英傑。

「英傑，明天一早通知媒體，我要和警方召開聯合記者會。」

＊＊＊

隔天中午，郭兆偉與警方一同開了一個記者會，警局會議室人山人海，佈滿攝影大砲。

警方代表說：「昨天晚上九點，在同仁們的努力之下，我們順利逮捕了攻擊林昀真的主嫌。」

記者詢問：「請問他是復死聯盟的人嗎？」

「我們沒有這方面的背景資訊。」警方代表回答。

記者們開始七嘴八舌地問了一連串問題，讓警方代表招架不住。

「請問主嫌是否有穩定工作？」

「為什麼他會做出這種事呢？」

「會不會是林昀真的案件還有諸多疑點沒有解決呢？」

「聽說政府為了要封林昀真的嘴，請人幹掉她？是真的嗎？」

「聽說林昀真與某企業大老有特殊性關係找人想要滅口？」

「我們得知兇手是一名研究生，過去從沒有犯案的紀錄……」

記者們用盡招式，就是想要把這一位嫌疑犯框進某一個常識框架裡，容易描寫這個人，描繪出有記憶點的角色，久而久之成為一個偏見。警方只用一句：「目前沒有掌握這方面的資訊。」草草帶過，就把問題丟給郭兆偉。

郭兆偉律師在發言前，再看了一次演講稿，筆記裡面把多餘的白色空間全部填滿。

「昨天晚上林昀真被送進急診室，傷害她的人，我們目前不會提起告訴。但是做出這件事的人，和即將做出這件事的人，你們真的知道誰是壞人嗎？」

郭兆偉坐姿端正，眼神伶俐，像是能看穿一切的樣貌。

「我們推推看，誰是潘次長案件最該負責的人？根據我的觀察，至少有五個面向。第一時間要檢討的是法官失職，因為他不僅聽信檢察官扭曲的證詞，而且完全是憑民意，判斷我的當事人是否有罪，而不是根據真正的證據。」

「但只是這樣嗎？其次，需要檢討的是檢察官，不僅濫用法條，而且在證據句完全不足的狀態下，就起訴了我的當事人，這種行為十分莽撞而粗暴。」

「但只是這樣嗎？第三是要檢討檢警單位，蒐證工作完全不到位。」

「但只是這樣嗎？第四要檢討的是有問題的法條，再來要檢討的是立委，再來要檢討的是選出立委的人。」

「最後需要檢討的，是我們自己，我們都有責任啊！」

郭兆偉刻意停頓了一下。空氣像被真空了，沒有人敢呼吸。郭兆偉也知道人會犯罪，那一定是教育的問題，就是教育部的問題，再來就是經濟問題，因為教育經費有限，但是再無止境的推論下去，已經沒有意義。

「我們都有責任啊，我知道如果我這麼說的話，世界就不再需要懲罰與獎賞了，但這是有解方的，只要社會上的所有人的要盡全力完成自己的責任，盡責完成一切。」

「最後我想說會做出這樣事情的這些人，你們和重生者之間根本沒有什麼兩樣，都是殺人犯！」

最後郭兆偉並沒有把林昀真就是兇手的真相講出來，因為其實也沒有這個必要了。

郭兆偉最後說：「你們是贏了，但你們贏到了什麼？」

高拓對著透明電視螢幕上淡淡的回答：「你贏回了我們的理性。」

之後高拓開始調查外流林昀貞資料的單位，以公訴案起訴相關人員和單位，掀起另一個戰場。

幾天後，王英傑結束他在郭兆偉事務所的實習，去買了一件與郭兆偉很相似的西裝外套，但是卻選擇了高拓常穿的牛津鞋。

「我知道我想要成為什麼樣的律師了。」他對著鏡中的自己說。

半年後，一場四年一度的運動盛會即將開始，國民們再度風靡體育，為支持的運動員們喝采，林昀真事件也就逐步淡出社會與論，人們就這樣找到下一個可以娛樂自己的事。

國家圖書館出版品預行編目（CIP） 資料

記憶死刑 / 彭啟東著 . -- 初版 .
-- 臺北市 : 未來敘事工場, 2020.04
面 ; 公分 . --（未來小說 ; 1)
ISBN 978-986-98529-2-0（平裝）

863.57 109003976

未來敘事工場 未來小說 01

記憶死刑

作者 / 彭啓東
出版 / 未來敘事工場股份有限公司
發行人 / 朱 騏
總編輯 / 林雪玢
執行長 / 彭啓東
封面設計 / 游翔安
通訊地址 / 11157 臺北市大安區信義路 4 段 170 號三樓
連絡電話 / 0958446997
印刷 / 中茂分色製版印刷事業股份有限公司
代理經銷 / 白象文化事業有限公司
地址 / 台中市東區和平街 228 巷 44 號
電話 /（04）2220-8589
傳真 /（04）2220-8505
978-986-98529-2-0（平裝）NT$ 300
出版日期 / 2020 年 4 月 30 初版一刷
定價 / 新台幣 300 元

本書榮獲 文化部 MINISTRY OF CULTURE 贊助創作